Cornelia Staudacher
Albert Vigoleis Thelen

Cornelia Staudacher

Albert Vigoleis Thelen

»Wanderer ohne Ziel«

Ein Porträt

Arche

Umschlag: Max Bartholl, Frankfurt a. M.
unter Verwendung eines Fotos von Albert Vigoleis Thelen,
Palma de Mallorca, etwa 1934
Satz: Gaby Michel, Hamburg
Druck und Bindung: Clausen & Bosse, Leck
Printed in Germany
ISBN 3-7160-2320-5

Inhalt

Das Phänomen Thelen

Vigo, Vigolo, Don Vigoleis, der Dichter Albert Vigoleis Thelen war ein widersprüchlicher, nicht leicht zu fassender Charakter: ein Außenseiter und Sonderling, introvertiert und unzugänglich, und gleichzeitig ein charmanter, eloquenter Plauderer, ein skeptischer Moralist und pikaresker Humorist, ein religiöser Atheist und *Erzweltschmerzler*[1], aber auch ein Lebenskünstler, Schöngeist und Genießer, ein glühender Pazifist und Streiter für Recht und Gerechtigkeit und ein magischer Sprachalchimist und Sammler versunkener Wörter. Sein überbordender, mäandernder Erzählduktus polarisierte die Leser. Das 1953 erschienene Erinnerungsbuch *Die Insel des zweiten Gesichts*, sein bekanntestes und bedeutendstes Werk, wurde von den einen in den Kanon der Weltliteratur eingereiht und mit Cervantes, da Coster und Lawrence Sterne auf eine Stufe gestellt, von den anderen als zu weitschweifig, blumig und altertümelnd abgelehnt. Sinn und Unsinn, Witz und Aberwitz, das Erhabene und das Gemeine, Ulkiges und Ernstes, Lautes und Leises, tödlicher Ernst und kindliches Spiel gehen in seinem Werk ständig eine fruchtbare Symbiose ein. *Dichter*, sagt er einmal, *sind Büchsenöffner ihrer Innenwelt. Manchem schwinden schon die Sinne, wenn der Deckel fällt.*[2]

Sein Nachruhm ist so löchrig wie seine Bekanntheit zu Lebzeiten. Er hat nie zu denen gehört, die sich einer übermäßigen Berühmtheit erfreuen konnten. Aber er ist auch nie wirklich in Vergessenheit geraten. Es gibt die, die ihn und seine Bücher und Gedichte kennen und ihm von ganzem Herzen zugetan sind, die *aficionados*, um ein spanisches Wort zu gebrauchen, für das es kein deutsches Äquivalent gibt, weshalb Thelen selbst es gelegentlich benutzt hat. Anderen, sogar Verfassern von Literaturgeschichten oder -lexika, ist er nicht einmal der Erwähnung wert, was aus der Sicht der *aficionados* ein geradezu frevelhaftes Versäumnis ist. Und dann gibt es die potentiellen Leser, die begeistert wären, wenn sie ihn kennten, aber zu denen er noch nicht vorgedrungen ist. Von den Menschen, die ich gefragt habe, die sich im engeren oder weiteren Sinn mit Literatur beschäftigen, kannte ihn im Schnitt jeder dritte – eine Mißachtung, die dem Dichter Albert Vigoleis Thelen, der vor nunmehr einhundert Jahren, 1903, im niederrheinischen Süchteln geboren wurde, nicht gerecht wird, obwohl er selbst es vielleicht gar nicht viel anders erwartete. Denn er war sich stets bewußt, wie schwer sich die Nachwelt mit den Dichtern und den für sie zu flechtenden Kränzen tut. Und ein Dichter für ein breiteres Publikum ist Thelen nie gewesen.

Man kann es das Phänomen Thelen nennen, das in einer in gewisser Weise unausgewogenen Rezeption seiner Werke zum Ausdruck kommt. Den wenigen, die viel über ihn wissen, stehen die vielen gegenüber, die ihn gar nicht kennen. Wenn dieses kleine Porträt dazu beitragen könnte, die Gewichte zugunsten der ersten Gruppe zu verlagern, den Kreis der Leserinnen und Leser zu vergrößern und den Dichter über den inneren Kreis der *aficionados* hinaus bekannt zu machen, würde ich mich glücklich schätzen.

Einige *aficionados*, die sich in langjähriger, intensiver Beschäftigung um Albert Vigoleis Thelen verdient gemacht und deren Werke mir bei meiner Arbeit an diesem Buch gute Dienste geleistet haben, seien hier genannt: Jürgen Pütz, der Herausgeber des 199., ausschließlich Thelen gewidmeten Bandes *Lauter Vigoleisiaden oder: Der zweite Blick auf Albert Vigoleis Thelen* der Zeitschrift *die horen* sowie der aus Textpassagen zusammengestellten autobiographischen Anthologie *Sie tanzte nackt auf dem Söller*, der nicht müde wird, in Thelen den »Dichter der Weltliteratur von übermorgen« zu sehen, Leo Fiethen, der das umfassende Werkverzeichnis und die detaillierte Bibliographie in besagtem *horen*-Band zusammengestellt hat, Johann P. Tammen, Herausgeber der Zeitschrift *die horen*, die sich über die Jahre immer wieder als Forum für Texte von und über Thelen verstanden hat, und Stefan Weidle, der Bonner Verleger, der den Mut und die Risikobereitschaft besitzt, das von Thelen zu edieren, was er für richtig und wichtig hält. Dazu gehören unter anderem der Band mit Thelens gesammelten Literaturkritiken, *Die Literatur in der Fremde* (1996), Thelens Briefe an den portugiesischen Mystiker Teixeira de Pascoaes (2000) und seine Übersetzung von dessen *Napoleon* (1997).

Ohne Thelen auf einen Heimatschriftsteller, als welcher er selbst nie angesehen werden wollte, zu reduzieren, ist doch festzustellen, daß er sich in seiner niederrheinischen Heimat, in der er nach einem Leben in der Fremde 1989 starb, einer besonderen Popularität erfreut. So hat ihm Paul Eßer in seinem niederrheinischen Lesebuch *Jenseits der Kopfweiden* ein langes Kapitel gewidmet, in dem er feststellt, daß der in Thelens Werken angeschlagene Ton seinen Landsleuten höchst sympathisch und vertraut sei und daß sie ihn voller Verehrung ihren »Picaro vom Niederrhein« nennen.

Dichtung und Leben, Realität und Fiktion sind im Werk Thelens untrennbar miteinander verbunden. Eines ist vom anderen nicht zu unterscheiden, eines gäbe es nicht ohne das andere, seine vigolotrischen Gedichte nicht ohne seine persönlichen Kauzigkeiten, seine beiden großen Prosawerke, *Die Insel des zweiten Gesichts. Aus den angewandten Erinnerungen des Vigoleis* (1953) und *Der schwarze Herr Bahßetup. Ein Spiegel* (1956), nicht ohne die realen

Erlebnisse, die er und seine ihm stets treu zur Seite stehende Gefährtin Beatrice gemeinsam durchgestanden haben. Einen wesentlichen Teil seines Werks machen zudem die Briefe an Freunde und Verwandte, an Weggefährten und Verleger aus. Denn sie geben nicht nur Einblick in Leben und Werk dieses in seiner Zeitlosigkeit einzigartigen Dichters, es ist auch ein Zeitdokument, das den Blick auf ein Stück Geschichte aus einer sehr subjektiven, aber deshalb nicht weniger gültigen Sicht lenkt.
Die Geographie soll als Folie für das Porträt des Dichters dienen. Sein Leben gliedert sich in mehrere Phasen, die mit topographischen Bereichen identisch sind. Es führte ihn und Beatrice nach Spanien, Portugal, in die Niederlande und die Schweiz, schließlich zurück an den Niederrhein ins wenig geliebte Vaterland. Ihr Leben lang schlugen sie einen Bogen um Deutschland, um dann ihren Lebensabend mehr unfreiwillig als freiwillig im Seniorenheim St. Cornelius in Dülken zu verbringen.
Sieben Orte im engeren und weiteren Sinn werden avisiert. Für die Zeit auf Mallorca steht *Die Insel des zweiten Gesichts*; in Portugal lebten sie auf dem Weingut des portugiesischen Mystikers Teixeira de Pascoaes, dessen Werke Thelen übersetzte und für das er sich sowohl in den Niederlanden als auch in Deutschland auf mühselige Verlegersuche begab; eine tiefe Zuneigung verband ihn von früh an mit der niederländischen Lebensweise, Sprache und Literatur; die Schweiz war das Land, das ihm und Beatrice durch die Bekanntschaft mit einer mexikanischen Millionärin über Jahrzehnte ein Refugium bot. Die weiteren Orte sind Orte im übertragenen Sinn. Ein, wenn nicht der wesentliche Ort der Ruhe und des Ausgleichs war für Thelen seine Gefährtin Beatrice, ein anderer, in krassem Gegensatz dazu, ein Ort der dauernden Auseinandersetzungen und Demütigungen, die ihm ein Leben lang suspekt

gebliebene Spezies der Verleger. Ein Ort der Reibung, manchmal gar des Schreckens, war ihm sein Vaterland, weil er zwischen dem Nazi- und dem Nachkriegsdeutschland viel zu viele Parallelen und unausgesprochene Übereinkünfte sah, als daß ihm Deutschland des Vertrauens wert gewesen wäre.

Mittel- und Höhepunkt des gesamten Werks von Albert Vigoleis Thelen sind die 1953 erschienenen *Angewandten Erinnerungen, Die Insel des zweiten Gesichts*. Deshalb soll dieses kleine Porträt des Dichters mit der diesem Buch zugrundeliegenden Zeit auf Mallorca beginnen.

Albert Vigoleis und Beatrice Thelen, Palma de Mallorca, etwa 1934

Im Schattendämmer der Kathedrale
Thelen auf Mallorca

Ringsum hatte sich die graue Schicht der Nacht gehoben, als wir das Achterdeck betraten, unausgeschlafen, wie aus der Naht getrennt, leicht fröstelnd in der Brise, die den Kimm reinfegte und uns bald schon das Schauspiel der näher rückenden Steilküste Mallorcas bot.[1]

Die Ankunft in Palma de Mallorca mit dem Schiff ist immer aufs neue ein Schauspiel von erhabener Schönheit. Verschwommen im mattgrauen Dämmerschein der morgendlichen Nebelschichten taucht wie hinter Schleiern allmählich die Insel auf. Von Nordwesten, aus Barcelona kommend, steuert der Dampfer auf die kleine vorgelagerte Insel Dragonera zu und gleitet von nun an im erwachenden Morgenlicht die Küste Mallorcas entlang. Nach einer Stunde erreicht er die nördlichste Felsspitze der weit ausladenden Bucht von Palma, in die er in gravitätischem Bogen einfährt. In der Ferne zeichnet sich nun die mächtige Silhouette der Kathedrale La Seu ab, von der aufgehenden Sonne in sanftes Licht gehüllt. Zu Füßen des Hügels, auf dem die Kathedrale auf den Fundamenten einer alten Moschee im 13. Jahrhundert errichtet wurde, liegt der alte Hafen.

Ungefähr eine Stunde schon hatte die Kathedrale von Palma den Hintergrund des Bildes beherrscht, erst nur als großartiger Klotz, goldbraun, von der Sonne angeschienen, die Gliederung der Baute noch verborgen unter der alles gleichmachenden Lichtfülle. Je näher wir indessen kamen, um so deutlicher trat jedes Maßwerk in den Blick. Die mathematische Ordnung des Aufrisses wurde erkenn-

bar. Der gotische Flug gen Himmel, ich entsinne mich gut dieses ersten Eindruckes, den ich näher kommend gewann, wird auf die Erde herabgezogen, er bleibt an den Stein und in den Stein gebannt…[2]

Am 1. August 1931 kam Albert Vigoleis Thelen, noch nicht 28 Jahre alt, mit seiner Frau Beatrice an Bord des Dampfers Ciudad de Barcelona in Mallorca an. In Amsterdam hatte sie ein Brief des Bruders von Beatrice, Peter Herbert Zwingli Bruckner, genannt Zwingli oder Don Helvecio, erreicht, der schon seit einiger Zeit auf der Baleareninsel lebte und seiner Schwester von einer lebensbedrohenden Krankheit schrieb und um Hilfe bat. Ein Zimmer im Hotel Principe Alfonso, in dem er als Faktotum arbeite, sei gebucht. Groß war das Erstaunen der beiden Ankömmlinge, als sie Zwingli höchstpersönlich am Kai stehen und ihnen zuwinken sahen. Aber es blieb nicht bei dieser ersten Überraschung. Aus ein paar Wochen, wie ursprünglich geplant, wurde ein Aufenthalt von fünf Jahren, ein Lebensabschnitt so voller unerwarteter Abenteuer, interessanter Begegnungen und anregender Erlebnisse, daß er Thelen zwanzig Jahre später als Inspirationsquelle für *Die Insel des zweiten Gesichts* diente, einen der originellsten deutschsprachigen Romane des 20. Jahrhunderts und den Mallorca-Roman par excellence.

Aber schon bei dem Wort »Roman« gerät man ins Stokken. Ist die *Insel* ein Schelmenroman oder autobiographische Erinnerungsliteratur, überwiegt in ihm die Fiktionalität oder die Realität? In der literaturwissenschaftlichen Forschung, in die Thelens Werk in den 1980er Jahren Einzug gehalten hat, werden diese Fragen behandelt. Thelen selbst sprach im Zusammenhang mit den *Angewandten Erinnerungen* nie von einem Roman, sondern lapidar von seinen *Angewandten* oder von seinem *Inselmemorial*. Er könne gar nichts erfinden, habe nur die Gabe des Erinnerns mitbekommen und sehe die Aufgabe des Dichters darin, die erinnerten Ereignisse zu ordnen und in ein rechtes Verhältnis zueinander und zur Welt zu rücken, betonte er, wann immer er nach dem Realitätsgehalt seiner *Angewandten Erinnerungen* gefragt wurde, was häufig geschah. *Nochmals: alles ist waschecht; ich kann überhaupt keine Gestalten erfinden, also ins Leben setzen und ihren Lebenslauf weiter entwickeln. Ich überlasse die Gestalten sich selbst, und begleite sie nach dem, was sie mir vorleben.*[3] Zwischen Erdichten und Erinnern, zwischen Fiktion und Erfahrung besteht für ihn ein enger Zusammenhang, der sowohl für den fließenden Übergang zwischen Wahrheit und Dichtung als auch für die Identität des Autors Albert Vigoleis Thelen mit seinem Protagonisten Vigoleis bürgt. Das Changieren zwischen Person und Rolle, Kunst und Leben ist ein durchgängiges Stilprinzip der *Angewandten Erinnerungen*. Einfallsreichtum und Erinnerungsvermögen befruchten einander. Wo immer man diese Chronik der laufenden Ereignisse aufschlägt, strotzt sie vor praller Unmittelbarkeit und sattem mediterranem Leben. In der Art eines modernen Schelmenromans läßt Thelen den Leser an den Begebenheiten teilhaben, die er und Beatrice in den Jahren zwischen 1931 und 1936 auf Mallorca erlebten.

Es war eine Zeit großer Unruhen und politischer Umbrüche, die Zeit der Zweiten Republik. *Wir schreiben A. D. 1931, mit dem Sturz der Monarchie ein denkwürdiges Jahr in der Geschichte Spaniens, und mit seinem Sturz in die Welt Don Quijotes ein denkwürdiges Jahr in der Geschichte unseres Vigoleis.*[4] Die Macht des Königs war zusehends geschwunden. Als letzten Versuch, ihre Regierungsfähigkeit zu behaupten, hatte die monarchistische Regierung im April 1931 Kommunalwahlen angeordnet, die mit dem Sieg der Republikaner und Sozialisten endeten. Als der König erkannte, daß weder das Militär noch die Guardia Civil bereit waren, die Monarchie zu verteidigen, dankte er ab. Aber die linksliberale Parteienkoalition konnte den wirtschaftlichen und politischen Ruin nicht aufhalten. Das Land wurde zwischen Militär, Kirche, Großgrundbesitzern und Unternehmern auf der einen und einer sich immer breiter und mächtiger formierenden Arbeiterfront auf der anderen Seite zerrieben. Bei den Parlamentswahlen im Frühjahr 1936 siegte zwar noch einmal eine aus Republikanern, Sozialisten und Kommunisten bestehende Spanische Volksfront. Im Juli 1936 aber kam es zum Putsch der Falangisten unter General Franco und zum Beginn eines drei Jahre währenden Bürgerkriegs. Zu diesem Zeitpunkt endet das Buch. Am 19. August 1936 verließen Albert Vigoleis und Beatrice Thelen Mallorca an Bord des englischen Zerstörers Grenville buchstäblich in letzter Minute.

Doppelgänger seiner selbst

Das Motiv des Doppelgängers durchzieht wie ein *Cantus firmus* die *Angewandten Erinnerungen.* Im *Doppelbewußtsein ihrer Persönlichkeit* tritt nicht nur die Hauptfigur Vigoleis, treten alle Personen auf, *weshalb sie weder für ihre Handlungen noch auch für die im Leser sich erzeugenden Vorstellungen haftbar gemacht werden können*, wie uns der Dichter in der vorangestellten *Weisung an den Leser* wissen läßt: *Im gleichen Maße, wie die Spaltung der ichverlorenen Gestalten größer oder kleiner zu sein scheint, unterliegt auch der chronologische Ablauf der Geschehnisse einer Umschichtung, die bis in die Aufhebung des Zeitgefühls gehen kann.*[5] Das schließt die Ichverlorenheit und die Doppelgesichtigkeit des Autors mit ein, die seinem Selbstverständnis und innersten Lebensgefühl entspricht: Er ist Humorist und Melancholiker, Narr und Mystiker, Spaßvogel und Pessimist, Poet und Anarchist gleichermaßen, ein fröhlicher Weltverneiner, *der an sich selber wenig Spaß hat; nur merkt man es ihm selten an, denn seine Mimikry ist hochentwickelt*[6].

Das Spiel zwischen dem erzählenden und erlebenden Ich lustvoll in der Schwebe haltend und virtuos auskostend, im Wechsel zwischen Nähe und Ferne, entwickelt der Autor Thelen seinen fabulierenden Furor. Er erlaubt ihm auch, zwischen der Ich-Perspektive und der Erzählperspektive in der dritten Person intuitiv und gemäß seiner inneren Dramaturgie zu wechseln. Mal läßt er Vigoleis selbst dem Strom seiner Gedanken folgen, ein anderes Mal berichtet ein vermeintlich neutraler allwissender Erzähler über Vigoleis. Gelegentlich distanziert sich der Autor so weit von seinem janusköpfigen Helden Vigoleis, daß er ihn seinen *Tragelaph* nennt, nach dem altgriechischen Fabeltier, das, ursprünglich halb Ziegenbock (gr. *tragos*), halb Hirsch (gr. *elephos*), Eigenschaften mehrerer Tiere aufweist.

So wie sich Wirklichkeit und Imagination, Realität und Fiktion gegenseitig durchdringen und bedingen, so spiegeln sich die in den *Angewandten Erinnerungen* auftretenden Personen in ihrer Zwiegesichtigkeit, bis Ideal und Wirklichkeit nicht mehr voneinander zu unterscheiden sind: *Jeder auf der Insel hatte sein eigenes zweites Gesicht.*[7] Alle Mitglieder dieses aus unterschiedlichen gesellschaftlichen Schichten und Bereichen zusammengewürfelten kleinen mallorquinischen Universums – die Fischer, Schmuggler und Huren, die Anarchisten, Künstler, Dichter und Bohemiens, die auch in Wirklichkeit zum Kreis der Bekannten um Albert Vigoleis und Beatrice Thelen auf Mallorca gehörten – handeln im *Doppelbewußtsein ihrer Persönlichkeit.* Was das erste, was das zweite Gesicht ist, was Wahrheit, was Erfindung, was Biographie, was Fiktion, bleibt irrelevant in dieser aus autobiographischen und fiktiven Elementen kunstvoll verwobenen modernen Schelmengeschichte. In der ihm eigenen doppeldeutigen Manier, und nicht nur, um sich gegen eventuelle juristische Konsequenzen oder gar strafrechtliche Verfolgungen abzusichern, gibt Thelen der Dichtung den absoluten Vorrang und dem Leser die Weisung an die Hand: *In Zweifelsfällen entscheidet die Wahrheit.*[8]

Dieses Bekenntnis Thelens zur uneingeschränkten dichterischen Subjektivität ermöglicht es ihm auch, die vielen in das *Inselmemorial* eingearbeiteten Episoden aus vergangenen Zeiten und fernen Orten nach den Erfordernissen des unberechenbaren Vigoleisschen Erinnerungsstroms einzublenden. Denn das dichterische Zentrum, um das in den *Angewandten* alles kreist, ist Vigoleis selbst, seine Meinung über sich und seine Mitmenschen, seine Einstellung zum Leben und zu den Menschen, seine Sicht auf die Dinge und auf die Phänomene der Welt. Mit seinen Augen gesehen, werden die von Albert Vigoleis und Beatrice Thelen real erlebten Erfahrungen fiktionalisiert, in Dichtung verwandelt, und geben doch gleichzeitig über den Dichter und seine Frau Auskunft.

Deshalb wird im folgenden das Wagnis unternommen, die mallorquiner Jahre von Albert Vigoleis Thelen und seiner Frau Beatrice anhand der *Insel des zweiten Gesichts* zu beschreiben. Zumal die Thelenforschung, die sich in ihren Untersuchungen großenteils auf die *Insel* stützt, zu dem Ergebnis gekommen ist, daß vieles von dem, was in den einzelnen Kapiteln der *Angewandten Erinnerungen* dargestellt wird, in der Realität mindestens ebenso, wenn nicht noch abenteuerlicher und deprimierender gewesen ist.

Fünfmal wechselten Albert Vigoleis und Beatrice Thelen während ihres fünfjährigen Aufenthalts auf der »Insel der Ruhe«, wie der katalanische Dichter Santiago Rusiñol sie genannt hat, ihre Bleibe. Jeder neuen Unterkunft ist ein Kapitel in der *Insel des zweiten Gesichts* gewidmet. Nach einer kurzen Zeit in der Wohnung des Bruders von Beatrice und einigen Wochen in einer nahe gelegenen Pension waren sie finanziell so ausgebrannt, daß es gerade noch für ein primitives Zimmer in einem heruntergekommenen Viertel vor den Toren der Stadt ausreichte, wo sie unter Asozialen, Huren und Bettlern lebten und das sie ihre materiell aussichtslose Situation stärker als je zuvor und danach am eigenen Leibe erfahren ließ. Schließlich fanden sie eine einigermaßen erschwingliche eigene Wohnung im ebenso malerischen wie maroden alten Hafenviertel von Palma, in der Calle del Vi, damals Calle del General Barceló, wo sie die meiste Zeit, über drei Jahre ihres Aufenthalts auf der Insel, blieben. Dieser Zeit ist mehr als die Hälfte des Buches gewidmet. Die letzten beiden Unterkünfte, während sie sich auf der Flucht vor den Nachstellungen des deutschen Konsulats befanden und in ständiger Angst lebten, nach Deutschland ausgewiesen zu werden, waren wieder Provisorien.

Sturz in die Welt Don Quijotes

Fast nüchtern und sachlich nimmt sich die Schilderung des ersten Eindrucks aus, die Thelen in einem Brief vom 8. August 1931, kurz nach der Ankunft auf Mallorca, an seinen Freund, den niederländischen Schriftsteller Victor Emmanuel van Vriesland, schickte, um ihn zu bewegen, ihnen hierher zu folgen. Schönheit und Armut kommen darin gleichermaßen zu ihrem Recht, wie auf einem Gemälde von Utrillo. *Nun sitzen wir in einem Hause maurischen Stils hinter wohlverhangenen Fenstern, essen Feigen, Paprika und Melonen, die Zunge hängt weit und trocken zum Hals heraus, unten in der Gasse lärmen die halbnackten Kinder, die Sonne brennt steil und hart, Flöhe hat es eine Unmenge, das Wasser ist beinahe nicht zu trinken, und dann: es stinkt in Palma ganz entsetzlich. Die Innenhöfe werden als Mülleimer benutzt, hie und da sieht man einen verreckten Hund, Tausende Fliegen stechen und beissen. Das sind so die kleinen und grossen Unannehmlichkeiten dieses Landes, das Cäsar die besten Schleuderer geliefert hat. Und was steht dem entgegen? Dem steht entgegen: der grosse südliche Himmel mit klaren Sternen und einem seltsam leuchtenden Monde; das tiefblaue Meer, das einen weissen, rauschenden Schaum gegen die Felsen spült, tausend um tausend Herrlichkeiten der Landschaft, eine singende Señorita, der Sang einer Laute spät in der Nacht. Und alles das wird es uns möglich machen, hier zu leben.*[9]

Manzana, Apfel, heißen noch heute die repräsentativen Mietshauskomplexe in Blockrandbebauung, die um die Jahrhundertwende im Zentrum der Stadt errichtet wurden. In ihren schlauchartigen, dunklen Bars und Cafés zu ebener Erde herrschte sommers wie winters ein munteres Treiben. Zwingli bewohnte eine Wohnung im dritten Stock eines solchen Gebäudekomplexes in der Calle de la Soledat. *Soledad heißt Einsamkeit, Vereinsamung, Öde; aber auch Heimweh, Verlangen, Trauer und Klage kann es bedeuten – ein in der iberischen Mystik erheblicher Begriff. Auf dem spanischen Lebenswege des Vigoleis wurde sie die erste Anlände. Sie sollte es nicht lange bleiben.*[10]

Ein Zimmer in dieser Wohnung diente den Thelens als erstes vorübergehendes Quartier. Von hier konnte man nicht nur auf die schmuddelige Calle de la Soledat und ins Hauptpostamt, sondern auch zum Borne blicken, dem schönsten Boulevard der Stadt, dessen breiter, elegant gekachelter Mittelstreifen unter schattenspendenden Platanen sogar an heißen Sommernachmittagen zum Flanieren einlädt. »Augapfel der Insel« nannte ihn Santiago Rusiñol.

Noble Bürgerlichkeit auf der einen, Gassenjungen auf der anderen Seite, an denen Julietta, die Tochter von Zwinglis spanischer Geliebten Maria del Pilar, ihre *aufkeimenden Reize ... zu erproben pflegte*[11].
Aber lange war ihres Bleibens hier nicht. Maria del Pilar, eine unbeherrschte, zu unberechenbaren Ausbrüchen neigende Andalusierin, stellte schon bald ein echtes Problem für die beiden frisch angereisten und im Umgang mit dem spanischen Temperament unerfahrenen Nordmenschen dar. Außerdem, darin waren sich Vigoleis und Beatrice einig, schien die Pilar weder bildungs- noch herkunftsmäßig zu Zwingli zu passen. ...*eine waschechte Vettel*, wie Thelen in demselben Brief an Van Vriesland schrieb. *Sie hat auch ein Kind von neun Jahren, das ihr beruflich bald nachfolgen wird. Don Pedro aber findet die Hure ganz nett, sagt sie sei doch gut gewachsen und auf ihrem Gebiete sehr leistungsfähig.*[12] Was Julietta, Pilars Tochter, betrifft, kommt Vigoleis in der *Insel* zu dem Schluß: *Puta la madre, puta la hija, puta la manta, que las cobija ... »Hure die Mutter, Hure das Kind, Hure die Decke, unter der sie beisammen sind.«*[13]
Die Abneigung beruhte auf Gegenseitigkeit. Als es zu immer heftigeren Auseinandersetzungen und wüsten Beschimpfungen kommt, weil sich Vigoleis und Beatrice in die Erziehung des jungen Mädchens einzumischen wagen, und nach einem letzten Krach, bei dem fast das Klavier zu Bruch gegangen wäre, entschlossen sie sich, eine andere Bleibe zu suchen. Sie fanden ein Zimmer in der Pension del Conde in der Calle Apuntadors auf der anderen Seite des Borne, in einem alten Stadthaus mit dem typischen malerischen, wenn auch heruntergekommenen Patio.
Nun war es Don Alonso, der Besitzer der Pension, an dem sich Thelens Phantasie entzündete. Eine Figur ganz nach seinem Geschmack, ein Sonderling, der in seiner Person

solche Gegensätze wie Adliger und Anarchist, Katholik und Atheist vereinigte: *Wenn ein Graf Anarchist wird, verleugnet er den langen Adelstitel, legt die Axt an den Stammbaum und haut den Ring mit dem Wappen des Geschlechtes platt ... Wenn nun ein spanischer Grande zum Anarchisten wird, dann vollzieht sich in diesem Menschen eine weitaus lehrreichere Metamorphose als bei unserem kleinen Vigoleis.*[14] Zu derlei Außenseitern, Originalen oder Desperados hatte Thelen, der zeitlebens die Individualität gegen den Massengeschmack, die Ausnahme gegen die Uniformität verteidigte, eine große Affinität, war er doch selbst einer von ihnen. Einen »Individualanarchisten« nennt ihn Ria Hess in ihrer Dissertation über *Die Insel des zweiten Gesichts*: »Thelens Lebensführung ist eine anarchistische, ohne daß er ein Anarchist im politischen Sinne wäre ... Sein Lebenslauf ist ein poetisch-anarchistischer, sein Mystizismus seine individuelle Form und Art des religiösen Anarchismus.«[15]

Auch der marode Zustand der Pension del Conde mit ihrem durch Balken und Zwingen nur provisorisch vor dem Einsturz gesicherten Innenhof und der brüchigen Freitreppe zu Galerie und *piso principal*, dem Hauptgeschoß, inspirierte Thelen. So bringt Vigoleis seine und des Grafen Liebe zum Verfall in ihren verschiedenen Erscheinungsformen in unmittelbaren Zusammenhang mit seiner anarchistischen Grundstimmung. *Alles mußte hier unterpölzt werden, um den Zusammenbruch noch so lange aufzuhalten, bis der betriebsame Anarchist eine genügende Menge seiner hausbackenen Bomben und Höllenmaschinen beisammen hätte, die ganze Inselwelt, also die Welt, in die Luft zu sprengen.*[16] Das Marode, Unfertige entsprach ja auch ihm und Beatrice mehr als jede Form arrivierter Professionalität. Bewußt hatten beide schon Jahre zuvor die bohemienhafte Künstlerexistenz einem gesellschaftlich etablierten Leben vorgezogen, hatten ihren bürgerlichen Elternhäusern den Rücken gekehrt, hatten auf ein regelmäßiges Einkommen und auf materielle Sicherheit verzichtet.

Hier, in seinen ersten Wochen auf Mallorca, erfuhr Thelen diesen Hang zum Unvollkommenen, die Lust am Improvisieren als der spanischen Wesensart inhärente Eigenschaften. *Nun haben die Spanier im Laufe der Jahrhunderte eine wahre, faszinierende Meisterschaft entwickelt in ihrer architektonischen Verfallskultur, worin sie höchstens noch übertroffen werden von den iberischen Brüdern in Portugal. Zum Restaurieren taugen sie nicht, dafür sind sie zu impulsiv, zu wenig kleinmütig und immer noch zu reich in ihrer Armut. Denkmalpflege erfordert das Bewußtsein, nichts Besseres an die Stelle des Untergehenden schaffen zu können. Die Spanier sind sich ihrer Armut nicht bewußt, das ist ihre Größe.*[17]

Die Faszination für das südländische Flair hatte vor allem von Thelen schnell Besitz ergriffen. Sein *Sturz in die Welt Don Quijotes* erschien ihm schon bald nach der Ankunft und trotz aller Unbill als eine optimale Möglichkeit individueller Entfaltungsmöglichkeiten. *In einem südlichen Lande lebt der am besten, dem es gelingt, den Sinn für die Zeit ganz und den für das Räumliche nach Möglichkeit auszuschalten.*[18] Zumal er zunächst davon überzeugt war, daß der spanische Menschenschlag widerstandsfähiger sei gegen eine massenhafte Verführung, wie sie im nördlichen Europa gerade vonstatten ging – auch wenn er fünf Jahre später eines anderen belehrt werden sollte: *Dafür hatte ich den Spanier als viel zu selbstversessen, zu überzeugt vom eigenen Wert kennengelernt.*[19]

Memento mori aus der Schindbaracke

Das nächste Quartier von Vigoleis und Beatrice entbehrte nicht nur jeden Komforts, sondern stellte auch ihrer beider Affinität für Land und Leute im Süden, die bei Thelen erheblich stärker ausgebildet war als bei Beatrice, auf eine harte Probe. Es lag vor den Toren der Stadt auf einem aus Kornscheuern, Ställen und Schuppen bestehenden ländlichen Gelände in unmittelbarer Nähe zum städtischen Schlachthof, dem S'Escorxador, einer Gegend, die erst nach dem Ende des Bürgerkriegs urban erschlossen und in die Stadt integriert wurde. Thelen und seine Frau lebten zu diesem Zeitpunkt am Rande des Existenzminimums. Sie konnten weder eine eigene Wohnung mieten, noch verfügten sie über einen Hausstand oder die nötigen Mittel, sich Möbel und anderes Inventar anschaffen zu können. Nur schleppend trafen die Honorare ein für die Besprechungen deutscher Exilliteratur, die Thelen in größeren Abständen für die niederländische Zeitung *Het Vaderland* verfaßte.

»*Mallorca is a paradise if you can stand it.*« Dieser Satz von Gertrude Stein, die sich mit ihrer Freundin Alice B. Toklas während des Ersten Weltkriegs für einige Monate in Palma aufhielt, muß in den Ohren der Thelens wie der reine Hohn geklungen haben. Ein karges Picknick, eine Tüte Trauben und eine *barra*, ein Stangenweißbrot, im Sonnenschein auf einer Steinbank vor der Kathedrale nach beschaulichen *Hungerwanderungen* durch die Altstadt, stellte für sie äußersten Luxus dar. Zudem standen der von einem leeren Magen verursachte Hunger und der Bildungshunger in ständigem Wettstreit miteinander. Denn wenn sie gelegentlich eine kleinere Summe zur Verfügung und zu entscheiden hatten, etwas zum Essen oder etwas zum Lesen zu kaufen, entschieden sie sich meistens für Lesestoff. *Wir fraßen uns im wahrsten Sinne des Wortes*

in die spanische Literatur hinein, indem wir weniger andere Sachen aßen.[20]
Der *torre de reloj*, ein alter Uhrturm, ist der topographische Mittelpunkt des Dritten Buches. Was die allgemeinen Begleitumstände angeht, ist dies das düsterste Kapitel der *Insel*. Dennoch gelingt es Thelen, gerade aus dieser miserablen und menschenunwürdigen Situation sowohl komisch-sarkastische als auch durchaus poetische Funken zu schlagen. *Aber der Uhrturm blieb stumm wie die Ahnfrau, die auf ihrem Krückstuhl eingenickt war ... Dafür surrte und schwirrte es durch die Luft, riesige Hirschhornkäfer, die mit schräg erhobenem Zangengeweih über unsere Köpfe flogen. Leuchtkäfer blinkten auf, erloschen und blinkten wieder auf. Fledermäuse, wie Tauben so groß, taumelten aus dem Nichts herab, fingen sich wieder und verschwanden mit einem heiseren Schrei ... War die Luft über uns angefüllt mit dem, was fleucht, das Kreuchende zu unsern Füßen fehlte keineswegs, um des lieben Herrgotts fünftem Schöpfungstage auch auf diesem Inselfleckchen sein Recht widerfahren zu lassen.*[21]
Alle Sinne wurden angesprochen auf der *verwunschenen Hufe. Hundegebelfer, Ferkelgequiek, Eselgeschrei, Hühnergestiebe*[22] waren Tag und Nacht zu hören. Der Gestank vom nahe gelegenen Schlachthof war bestialisch. *Es hätte nur noch nach Jasmin, Mandeln und Orangen duften müssen, und die romantische Südnacht unter einem ausgestirnten Himmel wäre vollkommen gewesen. Aber der betäubende Ruch kam nicht aus verzückenden Blütenständen. Der Wind, der immer noch nicht richtig stand, blies uns das memento mori aus der Schindbaracke in die Nase, eine Mahnung ans vergängliche Fleisch, die mich fast zur Pflanzenkost hätte bekehren können, stänke der so blumenhaft benannte Kohl nicht ebenso abscheulich.*[23]

Wieder versuchten Vigoleis und Beatrice, den Hunger durch die Literatur zu vertreiben, sich die Abende durch *literarische Narkosen* erträglich zu machen, wenn schon der Nachtfrieden von den mit Mandelschalen auf den Dachziegeln spielenden Ratten und durch die Luft flirrenden Fledermäusen gestört wurde. An den Wochenenden, wenn die Gegend, die als Rotlichtmilieu galt, ihrer wahren Bestimmung gerecht wurde und das Haus, in dem sie wohnten, sich in eine billige Absteige verwandelte, erfuhren die infernalischen Nächte unter den *schluchzenden Lauten der Wollust* noch eine Steigerung. In der Beschreibung schlüpfriger Szenen entwickelt Thelen eine solche Meisterschaft, daß die Moralapostel der katholischen Kirche, und stellvertretend für sie auch der Rezensent des damaligen *Rheinischen Merkur*[24], die *Insel* bei ihrem Erscheinen am liebsten auf den Index gesetzt hätten. *Die Bude wackelte. Sie hatten endlich ihren Einzug gehalten, die viel geschmähten Wanderburschen, und statt der Wanderlust hatten sie nur die Lust mitgebracht, und jeder ein Weib. Die Unzucht schrie gen Himmel wie in den Tagen von Sodom und Gomorrha, aber keine strafende Gotteshand ereilte die Stätte in ihren Greueln.*[25]

Sage mir, mit wem du umgehst ...

Dichter und Künstler, Bohemiens und Freigeister jeder Couleur verkehrten in den vielen Bars und Cafés im Zentrum der Stadt. Eine von ihnen, die Bar Bosch, lag direkt neben der Buchhandlung Casa del Libro am oberen Borne. Bar und Buchhandlung waren durch ein kleines Fenster miteinander verbunden, durch das dem Gast die gewünschten Bücher gereicht werden konnten. Oder man traf sich in *tertúlias*, allen voran in der *tertúlia* des Buchhändlers Mulet, zu denen auch Thelen im Laufe der Zeit Zutritt fand, um so mehr als er als ausländischer Dichter eine besondere Aufmerksamkeit genoß. *Eine Tertulia ist ein Kreis von Menschen, der sich zwanglos schließt und wieder öffnet, eine Loge der leeren Geschwätzigkeit, ein Kränzchen, in dem einem gemeinsamen Laster des Spaniers ausgiebig gefrönt wird: der verbalen Nichtstuerei. In dieser höheren Zwecklosigkeit, diesem Totschlagen der an sich schon toten Stunden besteht sein besonderer Reiz, dem sich nicht entziehen kann, wer dem Nichts auch nur den kleinsten Geschmack abgewinnt. Mir, der mir das Nichts Selbstzweck ist, Stubenhocker und menschenscheu, mir griff die Tertulia so ans Herz, daß ich ihr verfiel.*[26]

In einer solchen *tertúlia* machte Thelen die Bekanntschaft mit den Schriftstellern der Insel, unter ihnen die Brüder Miquel und Llorenç Villalonga – letzterer gilt als Doyen der mallorquinischen Literatur des 20. Jahrhunderts –, Gabriel Alomar und Joaquin Verdaguer i Travessi. Mit letzterem stand Thelen noch während der Abfassung der *Angewandten Erinnerungen* in regelmäßigem brieflichem Kontakt und bat ihn gelegentlich um die eine oder andere Recherche für sein Buch. Auch Don Juan Sureda Bimet lernte Thelen in einer *tertúlia* kennen, Maler, Kunstfreund und Oberhaupt einer einst wohlhabenden, allmählich verarmenden Adelsfamilie, in deren Wohnungen in Palma und Valldemossa sich die bessere Palmeser Gesellschaft traf. Don Juan und seine Frau, die Malerin Pilar Sureda Muntaner, lebten kontinuierlich über ihre Verhältnisse, so daß sie gezwungen waren, nach und nach ihre Liegenschaften zu verkaufen.

Vor allem zwei ihrer Söhne, Pedro und Jacobo, beide ebenfalls Maler, gehörten zum engeren Freundeskreis Thelens. Im Haus von Pedro Sureda und seiner Frau Catalina in Sa Cabaneta, einem Vorort von Palma, wohnten die Thelens, als sie Mallorca nach dem Ende der Franco-Diktatur

1976 noch einmal besuchten. Das Porträt, das Pedro Sureda bei dieser Gelegenheit von Thelen gemalt hat und das nie ganz fertig geworden ist, befindet sich heute im Besitz des Stadtarchivs Viersen. In den *tertúlias* verkehrten außer Thelen noch andere ausländische Dichter, die sich zu dieser Zeit auf Mallorca aufhielten, unter anderen Harry Graf Kessler und Hermann Graf Keyserling, Robert Graves und Georges Bernanos.

Na endlich, denkt der Leser, endlich erscheint eine Figur von Weltrang…, nach all den zweifelhaften Gestalten…[27] Mit diesen Worten führt Vigoleis den Grafen Kessler ein, dem er in besonderer Weise zugetan ist. Der *demokratisch-kaiserliche* Harry Graf Kessler, der Berlin im Frühjahr 1933 Hals über Kopf verlassen mußte, kam über Paris nach Mallorca. Er fand ein kleines Haus in Bonanova, einem Vorort von Palma, wo er den ersten Band *Völker und Vaterländer* seiner auf drei Bände konzipierten Autobiographie *Gesichter und Zeiten* beendete. Thelen war zeitweise sein Sekretär.

Noch beim Schreiben der *Insel* erinnerte sich Thelen lebhaft an die Manuskriptblätter, die in ihrer ohnehin schwer zu entziffernden Handschrift durch immer neue Verbesserungen, Streichungen und Ergänzungen abzutippen *kein Schleck* gewesen zu sein scheint. *Gesichter und Zeiten, Völker und Vaterländer begannen sich in meinem Hirn zu drehen, daß es mir schwummerig wurde; es war wie eine Springprozession, aber mit jeweils vielen Schritten zurück und nur ganz wenigen, die einen weiterbrachten.*[28] Manche Seite des Manuskripts habe er dreizehnmal abgeschrieben, beteuert Vigoleis. Aber bei aller Unlust, die ihn in Anbetracht der enervierenden Schreibarbeit erfaßte, hegte Thelen sein Leben lang eine große Zuneigung und Bewunderung für den vornehmen, gebildeten Grafen, einen Homme de lettres alter Schule.

Seine Sympathie für Harry Graf Kessler kommt in der *Insel* besonders in den persiflierenden Berichten der Rededuelle zwischen diesem und Hermann Graf Keyserling zum Ausdruck. Keyserling, der seit Anfang der dreißiger Jahre auf Mallorca lebte, führte hier seine 1920 in Darmstadt gegründete *Schule der Weisheit* fort, zunächst im 1929 auf der Landzunge von Formentor eröffneten Hotel Formentor, später im Hotel Principe Alfonso, wo er berüchtigt war für die Unmengen Weins, die er zu konsumieren pflegte. Ein Meister der Selbstinszenierung – Thelen nennt ihn einen *Salonlöwen der Philosophie* –, steht Keyserling mehr als einmal im Zentrum höchst amüsanter, satirischer Passagen in den *Angewandten Erinnerungen.*

Am 26. Januar 1935 fand im Hotel Principe Alfonso eine abendliche Gesprächsrunde statt, zu der Keyserling eingeladen hatte. Das Thema: *La machine comme parvenue de notre siècle*. Kessler als gewünschter Gesprächspartner gab den *Aficionado aus dem Publikum*: *ein abgekartetes Spiel, ganz niedriger Schwindel*, schreibt Thelen, »ein Gespräch über ›Mechanisierung und Kultur‹«, notierte Kessler lakonisch in seinem Tagebuch.[29] Vigoleis' Rapport aber ist die Genugtuung anzumerken, die es Thelen noch zwanzig Jahre später bereitete, Keyserling als eitlen Parvenu zu decouvrieren.

Zunächst ist dieser an der Reihe. *Es war einfach genial, wie er das Thema anpackte: sofort ging er in die Tiefe... Hermann gründelte nicht, er tauchte. Geheimnisse der Tiefsee, Fische mit Rückstrahler, Lanzettaugen, Leuchtquallen, Meerungeheuer mit elektrischer Hochspannung: das waren die Vorbilder der Parvenus auf dem festen Land, ein ganzes Aquarium voll. Langsam stieg Hermann an die Oberfläche und kroch nun als Amphibie der Weisheit weiter, einem noch genialeren Ende zu... Der Beifall war stark, ehrlich und verdient.*[30] Wie vereinbart, meldet sich nun Kessler zu Wort, um zum Gegenschlag auszuholen, der in Thelens spitzfindiger Schilderung erheblich süffisanter ausfällt, als es sich Keyserling hätte träumen lassen. Er habe sich ein paar Wörtchen notiert und bitte ergebenst um Gehör. *Bewegung im Sälchen, Bewegung am grünen Tisch, Bewegung im rosa Hemd. Don Francisco sagte: aber bitte, Señor Conde; aus dem Publikum ertönte das Bitte in vielen Sprachen, und Hermann, Zirkusdirektor und dummer August in einer Bluse, sagte auch bitteschön und klatschte flott in die Hände... Stück für Stück holte Harry die Tiefseeungeheuer, Strahltiere, Medusen, Quallen an die Oberfläche, wo sie eines nach dem anderen platzten. Als das Aquarium leer war, war auch Hermann erledigt, ausgezogen bis aufs eosfarbene Hemd. Den Gnadenstoß brauchte der eine Graf dem anderen nicht zu versetzen, das besorgten die Geladenen: sie bereiteten Conde Harry de Keßler eine donnernde Ovation, die selbst der Conde de Keyserling mit seinen Riesenpranken nicht überklatschen konnte, denn gute Miene zum bösen Spiel zu machen verstand er als Weiser eigenster Schule auch.*[31]

Die Gründe, weshalb Thelen Kessler erheblich näherstand als Keyserling, waren deren jeweilige politische Einstellung und ihre Reaktion auf die veränderten Machtverhältnisse in Deutschland. Während Kessler, der seine umfangreiche, wertvolle Kunstsammlung in Weimar zurücklassen mußte und in Anbetracht der bedrückenden Ereignisse in Deutschland der Verzweiflung nahe war, sich in die Vergangenheit flüchtete und mit der Abfassung seiner Autobiographie beschäftigte, bediente sich Keyserling um seiner gesellschaftlichen Reputation in Spanien willen eines Doppelspiels. Er arrangierte sich mit der Administration, indem er zwischen Politik und Philosophie säuberlich trennte. Eine solche Trennung erschien Thelen ebenso un-

möglich wie verwerflich. »... *es gibt keine Trennlinie zwischen Autor und Person. Wo sich der eine irrt, trifft auch der andere nicht das Richtige*«[32], zitierte er einige Jahre später in einem Brief an Teixeira de Pascoaes einen Satz des portugiesischen Mystikers.
Thelens Begegnung mit Harry Graf Kessler war zweifellos eines der eindrucksvollsten Erlebnisse während seiner Zeit auf Mallorca, auf die er in späteren Jahren immer wieder zu sprechen kam. Noch vor Ausbruch des Bürgerkriegs, im Frühjahr 1936, verließ Kessler, bereits todkrank, die Insel und reiste zu seiner Schwester nach Lyon, wo er ein Jahr später starb. *Graf Keßler kann von Glück sagen, daß er schon auf französischem Boden weilte, als es losging. Er hätte die Franconacht vom 18. auf den 19. Juli nicht überlebt. Jener Revolverheld aus Königsberg, der die Säuberung der deutschen Kolonie auf sich genommen hatte, wäre ihm verhängnisvoll geworden.*[33]
Ein sehr viel distanzierteres Verhältnis bestand zwischen Thelen und Georges Bernanos, der sich ebenfalls zur selben Zeit auf Mallorca aufhielt. Als bekennender Katholik hegte Bernanos zunächst Sympathien für die Falange. Er war mit dem Territorialchef Marqués Alfonso de Zayas befreundet, und sein Sohn Ives kämpfte anfangs auf der Seite der Falangisten. Bernanos war mit seiner Frau und seinen sechs Kindern im Sommer 1934 nach Mallorca gekommen, um seinen Roman *Journal d'un curé de campagne (Tagebuch eines Landpfarrers)* zu beenden. Ein Treffen mit Thelen, dem er möglicherweise die deutsche Übersetzung seines Buches anbieten wollte, sagte dieser kurzerhand ab. *Sage mir, mit wem du umgehst, und ich sage dir, was dabei herauskommt. Bernanos verkehrte in denselben hochkatholischen und hocharistokratischen Kreisen der Insel, wo auch wir Zugang gefunden hatten und aus denen die Revolution hervorging. So hätte ich*

also auch mir selber absagen müssen? Ein Hofnarr darf sich erlauben, was einem Könige nicht ansteht. Hätte ich damals mehr von Bernanos gekannt, hätte ich mir sagen müssen: dem gehen noch die Augen auf.[34]

Wenig später gingen Bernanos die Augen auf. In dem Bericht *Les grands cimetières sous la lune (Die großen Friedhöfe unter dem Mond)*, der im Sommer 1938 in Frankreich erschien, reagierte er direkt auf die Leiden und Greueltaten, die er zu Beginn des Bürgerkriegs auf Mallorca beobachtet hatte. Das Buch ist eine kompromißlose Anklage des faschistischen Spanien und eine Auseinandersetzung mit dem religiösen Totalitarismus.

Empathie und Hilfsbereitschaft brachte Thelen vor allem den politisch Verfolgten entgegen, aus welchem Land sie auch kamen. Zum Teil literarisch verschlüsselt, so daß nicht immer eindeutig festzustellen ist, ob es sie so, wie sie in der *Insel* auftreten, wirklich gegeben hat, machen sie besonders im Vierten Buch der *Angewandten Erinnerungen,* das nach 1933 spielt, einen großen Teil des Personals aus: der Lehrer und philosophiebegeisterte Krausist Don Matias, führender Kopf einer Gruppe honduresischer Emigranten, die ihre Rückkehr in die Heimat und einen Staatsstreich im Namen der Freiheit vorbereiten, und sein Gehilfe, der kommunistische Schuster und Sprengkörperspezialist Ulua, von dem sich Vigoleis aus lauter Sympathie für die honduresische Befreiungsbewegung ein Paar teurer, aber untragbarer Stiefel nach Maß anfertigen läßt; der ehemalige deutsche Fliegerhauptmann Joachim von Martersteig, der einen Anti-Preußen-Roman über ein Affenheer schreibt, und der jüdische Emigrant Silberstern, ein innerlich zerrissener und äußerlich leicht verwahrloster alter Seigneur, der mit seinem Leiden am Älterwerden und seiner gesteigerten sexuellen Libido an die alternden Männer in modernen Romanen amerikanischer

Provenienz etwa eines John Updike oder Philip Roth erinnert; Adele Gerstenberg, die ehemalige Burgschauspielerin, die nur in ihrer Vergangenheit lebt, und Mamú, eine hochbetagte, verarmte amerikanische Backpulver-Millionärin, die an Vigoleis ebenso einen Narren gefressen hat wie er an ihr, so daß er nicht merkt, wie sie Beatrice auf raffinierte Weise um ihre letzten Ersparnisse bringt – ein skurriles Typenkabinett, das erheblich zur Steigerung des Lesevergnügens der *Insel* beiträgt und Zeugnis ablegt von der schier unerschöpflichen Fabulier- und Erfindungslust des Dichters.

Verbissener Kampf ums Dasein

Erst durch unseren Einzug in Nr. 23 auf der Straße des Piratengenerals festigte sich unser Dasein, und ein verbissener Kampf um das tägliche Brot setzte ein[35], heißt es zu Anfang des Vierten Buches, das über die Hälfte der *Angewandten Erinnerungen* ausmacht. In dieser Wohnung in der Calle del General Barceló, einer engen Gasse im alten Hafenviertel, wohnten die Thelens die längste Zeit, über drei Jahre.

Neben seinen diversen Verpflichtungen als Rezensent von Exilliteratur für die niederländische Zeitung *Het Vaderland*, Sekretär von Harry Graf Kessler und, wenn auch nur für kurze Zeit, Robert Graves und als Übersetzer betätigte sich Thelen nun auch als Privatlehrer für betuchte amerikanische Studenten und Fremdenführer für *teutonische Touristen*, während Beatrice, die fünf Sprachen beherrschte, Unterricht gab. Der Tourismus war in jener Zeit zwar noch in den Anfängen, doch 30 000 Urlauber wurden 1933 immerhin schon gezählt, vor allem gebildete und besserverdienende Mittelschichtsangehörige aus Deutschland, England und anderen nordeuropäischen Ländern, einige sogar aus den USA. … *Mallorca kam im-*

mer mehr in Schwang. Schmand und Ausschuß der internationalen Reisebüros gaben sich auf den Balearen ihr meist zweifelhaftes Stelldichein.[36]
Wie groß dabei der Anteil der »Kraft durch Freude«-Reisenden, von denen in der *Insel* die Rede ist, wirklich war, muß dahingestellt bleiben. Thelen allerdings erzielt eine besonders explosive Wirkung, indem er den auf alles Deutschtümelnde und Nationalistische äußerst allergisch reagierenden Vigoleis ausgerechnet mit strammen KdF-Reisenden konfrontiert. Sobald er als *Führer in Dienst genommen* und mit *Handschlag vereidigt* worden ist, wird ihm ein *Führungsplan* ausgehändigt. Oberstes Gebot: als Führer den Geführten niemals eine Antwort schuldig zu bleiben. *»Der Führer weiß alles! Merken Sie sich das, und Sie werden ein guter Führer werden!«*[37] Für Vigoleis keine leichte Aufgabe.
Er hatte die Neuankömmlinge aus Barcelona zunächst im Hafen von Palma in Empfang zu nehmen. Nachdem der Dampfer vor Anker gegangen war, schwärmten die ersten Touristen von Bord, jeder dem ihm zugewiesenen Auto zu. *Organisieren können diese Deutschen, aber Vertrauen in ihre eigene Organisation haben sie nie gehabt. Ein Hetzen begann, ein Schreien, man rempelte sich an, zeigte sich die Zähne; jeder wollte der erste sein, den besten Wagen und im Wagen den besten Platz erwischen; mancher Vater fiel über manche Mutter, Töchter vergaßen, daß sie höhere waren, Söhne mit Schmissen wähnten sich auf dem Paukboden und hauten um sich, um für die alten Herrschaften das eleganteste Auto zu erobern: wozu reist man schließlich 1. Klasse? ... »Wo kann man sich hier beschweren, bitte?« – »Bitte, beim Führer, oder bei der obersten Reiseleitung in Hamburg, beim Führer geht's aber fixer.«*[38]
Bei den Schilderungen der Dummheit, der Leichtgläubigkeit und Borniertheit der deutschen Urlauber, ist der

Picaro in seinem Element. List und Tücke, Lug und Trug, alle Stilmittel sind ihm recht, um die Besserwisserei und Prahlerei der deutschen, mit dem Baedeker ausgestatteten Urlauber zu entlarven. Deutschen Untertanengeist zu decouvrieren ist die Hauptintention des Vierten Buches der *Angewandten Erinnerungen*. Falsch wäre es daher, in der *Insel* nur einen unterhaltsamen Schelmenroman zu sehen. Denn obwohl sich Vigoleis indirekt, pikaresk verfremdet, zum aktuellen politischen Geschehen äußert, wird hinter den burlesken Geschichten die Parteilichkeit und Parteinahme des Autors Thelen spürbar.

Wie kaum eine andere literarische Figur ist der Picaro bereit, in aller Konsequenz seinen politischen Standpunkt zu vertreten und Gefahren in Kauf zu nehmen. Seine Waffe gegen Dummheit und Ignoranz ist der Witz, der Jux. Der Picaro belächelt, gibt all das der Lächerlichkeit preis, was er verachtet. Immer nimmt er in seinem unverrückbaren Gerechtigkeitssinn für sich das Recht auf freie Meinungsäußerung in Anspruch. *Eine Lebensregel, nach der ich handele und die mich aus einer Misere in die andere geritten hat und immer wieder reitet, bis an mein Ende; deretwegen ich auch heute weder General, noch Generaldirektor, noch Kardinal, noch Universitätsprofessor bin, sondern nur der Narr meines eigenen Hofes und Verfasser der angewandten Erinnerungen des Vigoleis, diese Maxime lautet: In Zweifelsfällen entscheidet die Wahrheit.*[39]

In der ihm eigenen Mischung aus Vorwitz, Klugheit und Demut gelingt es Vigoleis als Fremdenführer fast immer, den Kopf gerade noch rechtzeitig aus der Schlinge zu ziehen. Mangelndes Faktenwissen ersetzt er durch schlaue Einfälle, innere Unsicherheit durch eine vermeintlich zur Schau gestellte Souveränität. Zudem dichtet er allem eine solche Einmaligkeit an, daß die Touristen hohe Trinkgelder springen lassen, die überlebenswichtig sind und ihm außerdem kleine Triumphe bescheren. Seine »Kollegin« Beatrice erklärt er kurzerhand zur Tochter des peruanischen Gesandten in Madrid und die bescheidene Taverne in Soller, in der die Touristen ihr Mittagsmahl einnehmen sollen, wozu ihnen der Appetit in Anbetracht des Schmutzes und der Unordnung vergeht, zu dem Ort, an dem Cervantes Teile seines *Don Quijote* geschrieben habe, woraufhin alle in stiller Verzückung ihre Kameras in Aktion setzen und das Trinkgeld verdoppeln. In der Sakristei der Kartause von Valldemossa ergeht sich Vigoleis in derart schauerlichen Berichten über eine Pestepidemie im 14. Jahrhundert, an die die dort ausgestellten Pestfackeln gemahnen, daß die Zuhörer keine weiteren Fragen mehr zu den Ausstellungsstücken in den Vitrinen stellen.

Ein anderes literarisches Kabinettstück stellt die *Einstuhl*-Szene dar. Hierin erläutert Vigoleis dem amerikanischen Studenten Hutchinson, der sich einmal wöchentlich in der weitläufigen, noch immer leeren Wohnung in der Calle del General Barceló einfindet, um sich in die Grundlagen der abendländischen Philosophie einweihen zu lassen, die didaktischen Vorzüge des von ihm erfundenen und erfolgreich erprobten *Einstuhl-Systems*. Seitenhiebe auf die deutsche Professorenherrlichkeit sind nicht zu überhören, wenn er vor dem perplexen Studiosus über die *fortschreitende Sublimierung der Umwelt* und den *Ablenkungskoeffizient[en] bei der lernenden Masse* palavert sowie über die *Eigengesetzlichkeit* der *Umumwelt*, um die die Philosophen herumschlichen *wie die Katzen um den heißen Brei, und doch muß eine Verabsolutierung ins Anonyme im Sinne von Jaspers angestrebt werden, sollen die in meinem System schlummernden pädagogischen Weltmöglichkeiten nicht mit dem Kinde aus der Badewanne gegossen werden*[40]. Die leidenschaftlich angeheizte Suada, mit der er seine *Afterwissenschaft* vertritt, bringt nicht nur Hutchinson, sondern auch Vigoleis selbst in wachsende Aufregung. ... *als ich, selbst gefesselt vom Schwung meines Unfugs und schon im Begriffe, etwas Wahres im Quatsch zu wittern und an die Parthenogenesis meines ökologischen Systems zu glauben, zum großen Schlag ausholte: ich zitierte die weisen Peripatetiker aus den Wandelgängen des hellenischen Lykeions in die traurige Emigrantenstube auf der Barceló.*[41]

Die *Deutschmänner* in der Deutschen Buchhandlung am Borne, die als Spitzel fungierten, klären wenig später den amerikanischen Studiosus über die ungesicherte Existenz seines Lehrers auf. Er sei eine *vielfältig verkrachte Existenz. ... es gehe ihm saudreckig; und es würde noch schlimmer kommen, wenn er sich nicht baldigst zu seinem Führer bekenne. Doch gebe es zum Glück noch Mittel, auch einen Auslandsdeutschen zur vaterländischen Pflicht zurückzurufen ...*[42]

Man sank zurück ins Mittelalter

Daß *Die Insel des zweiten Gesichts* trotz aller Subjektivität und weitgehender Fiktionalität ein eminent politisches Buch ist, wird spätestens mit dem 8. Kapitel des Vierten Buches deutlich. Es beginnt mit der nackten Zahl *1933*, wie eine Einstimmung auf kommendes Unheil.

In diesem und den folgenden Kapiteln entlädt sich Thelens Zorn über die politische Entwicklung in Deutschland sowie die nationale Kurzsichtigkeit und geistige Engstirnigkeit der Deutschen, der auch seine Familie, allen voran sein Bruder Joseph, zum Opfer gefallen war. Die »Gleichschaltung« seiner Heimatstadt ist das Thema der in die *Insel* integrierten Erzählung *Hünengräber ohne Hünen*, die Vigoleis später aus Angst, sie könnte der Falange in die

Hände fallen, vernichtet. Entsetzt bekennt er am Ende des 17. Kapitels: *Während ich so auf Mallorca an meinen Hünengräbern schrieb, entwarf deutscher Geist schon die Feueröfen von Auschwitz.*[43] Als der neue deutsche Konsul Vigoleis in sein Amt beorderte, um sich seiner Staatstreue zu versichern, redete dieser sich aus der Affäre, indem er erzählte, daß er mit Goebbels die Bänke des germanistischen Seminars gedrückt habe, *und er wisse vielleicht, daß wir beide verkrachte Lyriker-Philologen seien.*[44]

Thelens liberale, einem aufgeklärten Humanismus verpflichtete Geisteshaltung war nicht per se politisch. Dazu war er viel zu sehr Schöngeist, Idealist und Sprachmagier. Seine Aversion galt in erster Linie kleinbürgerlicher Enge, die er intuitiv als Wurzel des Faschismus erkannte. So hatte er Deutschland 1931 verlassen, um, wie er in der Insel und andernorts wiederholt formulierte, der *Verherdung eines ganzen Volkes unter einem blökenden Leithammel*[45] zu entkommen. Auf Mallorca zwangen ihn schließlich die politischen Umstände und die Freunde und Weggefährten, denen zu helfen ihm eine Selbstverständlichkeit war, in die Rolle des aktiven Gegners der Nazis. Als solcher wurde er ab 1933 von den Spitzeln des deutschen Konsulats beschattet und verfolgt.

Der Umsturz auf Mallorca vollzog sich binnen weniger Tage im Juli 1936. Durch Festnahmen, Verhöre, Folterungen und Hinrichtungen hatten die Falangetruppen die Insel schnell in ihre Gewalt gebracht. Im Norden errichteten sie einen Fliegerstützpunkt für italienische Legionäre, die von hier aus Valencia und Barcelona bombardierten. *... mit dem ersten Schuß des Pronunciamientos war die Insel durch einen genialen Handstreich in die Gewalt der Katholischen Generalität gefallen, die den Heiligen Krieg ausrief. Man sank zurück ins Mittelalter.*[46]

Sachlich, knapp und fast atemlos nimmt sich der Sprachgestus des Epilogs der *Angewandten Erinnerungen* aus. Er umfaßt nur fünfzig Seiten und steht in einem auffallenden Kontrast zu dem lustvoll ausufernden, mäandernden Sprachduktus der übrigen Kapitel. Als sei dem Autor Thelen und seinem Protagonisten Vigoleis angesichts der Greueltaten in den ersten Tagen des Bürgerkriegs auf Mallorca auch das letzte Quentchen Humor vergangen, als habe es dem Dichter regelrecht die Sprache verschlagen.

Die unheilige Allianz zwischen der Falange, den spanischen Faschisten, und der katholischen Kirche war für Thelen Ausdruck der *Ellenbogentheologie*, von deren Korruptheit und Brutalität er seit seiner Kindheit ein Lied zu singen wußte. Vigoleis erinnert sich an den Tag seiner Erstkommunion, als ihm der Priester mit dem Schlüsselbund einen Schlag auf die Zunge verpaßte, weil er die Zunge nicht weit genug herausstreckte zum Empfang der Hostie. Nun wurde *ein Heiliger Krieg, zur höheren Ehre Gottes und seiner Generäle*, geführt. *Und auf der Insel Mallorca geschah der Massenmord im Namen der unbefleckt empfangenen Jungfrau Maria und des Heiligsten Herzens Jesu.*[47]

Als die Wohnung in der Calle del General Barceló permanent beschattet wurde, mietete Thelen eine Wohnung im sechsten Stockwerk eines Neubaus in der Calle Arxiduc Lluís Salvador. Dem Haus gegenüber befand sich das Hauptquartier der Blauhemden, der Falange. *Für eine Sekunde ging mir der Boden meiner weißen Leinenhose mit Grundeis, bei 40° im Schatten des Heiligen Orlogs; aber ich faßte mich schnell und schritt würdig ins Haus.*[48]

Als die Nachbarin Vigoleis darauf aufmerksam macht, daß die Fensterläden zur Straße hin offenzustehen haben, stürzt er hinauf: *Es fehlten noch wenige Minuten. Ich flog in die Wohnung, an die Fenster und stieß die Schlagläden zurück. Im Blauen Hause gegenüber hatte man gerade ein Maschinengewehr im höchsten Stockwerk montiert. Diese Pünktlichkeit, das wollte mir nicht gefallen. Ein Spanier, der heute schießt und nicht morgen – eine faule Sache! Ich salutierte hinüber, die Jungen salutierten zurück; es war wie auf Schiffen, die sich begegnen.*[49]

Eine letzte kurze Zuflucht fanden Thelen und seine Frau im Haus ihres Freundes Jacobo Sureda und dessen Frau, der Amerikanerin Elly Sackett, in Génova, einem Dörfchen vor den Toren Palmas. Das Mißtrauen gegenüber Fremden war inzwischen so groß geworden, daß sie sich versteckt halten mußten und sich nur von selbstgesammelten Schnecken und Kaktusfeigen à la Vinaigrette ernähren konnten.

Die meisten Fremden versuchten, die Insel auf schnellstem Wege zu verlassen. Nach Tagen zermürbenden Wartens, in denen die Thelens sich, soweit möglich, von den Freunden verabschiedeten – *Anständig zu fliehen ist auch eine Quijoterie*[50] –, erhielten sie vom englischen Konsul ein Visum für ein englisches Kriegsschiff. Am 19. August 1936 verließen Albert Vigoleis und Beatrice Thelen Mallorca an Bord des englischen Zerstörers Grenville. *Man sah uns ungerne scheiden. Als Amateurverschwörer hatten wir uns die Achtung aller erworben. Für Aficionados haben die Spanier Sinn. In diesen Kreisen glaubte schon keiner mehr an ein schnelles Ende. An ein gutes: alle, bis auf die Priester.*[51]

Blonde Walküren

Vierzig Jahre später, im Oktober 1976, reisten Albert Vigoleis und Beatrice Thelen noch einmal nach Mallorca. Sie waren Gäste von Pedro Sureda und seiner Frau Catalina Cañellas, die in einer umgebauten Mühle in Sa Cabaneta, einem Dorf im Südosten von Palma, lebten.

Catalina Cañellas erinnert sich an den Besuch des Paares, das, damals schon hochbetagt und nicht bei bester Gesundheit, einigen Mut aufbringen mußte, diese Reise anzutreten. Die Angst vor *Nazis in Mallorca* war geblieben. *Wenn sie uns töten, gut, aber halbtot oder verletzt etc. etc. Du wirst uns sicher helfen, nicht wahr?*[52] fragt Thelen in einem Brief seine Gastgeberin vor dem Besuch in einem Ton, der in seinem unterschwelligen Galgenhumor an den Vigoleis der *Angewandten* erinnert.

Die Reise hinterließ keinen nachhaltig positiven Eindruck. Aus der Pension del Conde war ein internationales Hippielager geworden. *Wo einst edle Gestalten ihre Herberge gefunden, war der neue Stil behaust. So gingen wir, ich gesenkten Hauptes. Der Borne? Nun, über diese ehmals so exklusive Promenade wallten stripteasend blonde Walküren; andere saßen unter den Sonnenplanen, mit Bier und nach spanischer Schenkeltüchte gierendem Schoß, während ihre männlichen Partner sich an den spanischen Schönen in Bluejeans versahen*[53], schrieb Thelen 1981 im Nachwort zur Neuausgabe der *Insel des zweiten Gesichts*.

In einigen Artikeln in der Tagespresse wurde mit Fotos und Gesprächen auf den Besuch der Thelens hingewiesen. Heute aber kann sich kaum noch jemand auf Mallorca an den Dichter erinnern. So gibt es auch nirgends in Palma einen Hinweis, beispielsweise eine Tafel am Haus in der Calle del Vi, der ehemaligen Calle del General Barceló, die an den fünfjährigen, für die literarisch interessierte Welt durchaus folgenreichen Aufenthalt von Albert Vigoleis und Beatrice Thelen auf der Baleareninsel erinnert.

Albert Vigoleis Thelen mit Teixeira de Pascoaes auf dessen Weingut in São João de Gatão, Portugal, 1942

Schelm und Gottsucher in einer Gestalt

Auf dem Weingut von Teixeira de Pascoaes in Portugal

Die Tageszeitung *Diario de Mallorca* widmete dem Dichter und seiner Frau aus Deutschland am 8. Oktober 1976 eine Doppelseite mit mehreren Fotos. Darin wird unter anderem behauptet, daß Albert Vigoleis Thelen ein Kandidat für den Nobelpreis für Literatur sei, ein Mißverständnis, das auf einem Übersetzungs- oder Vermittlungsfehler zu beruhen scheint. Denn tatsächlich hatte sich Thelen in den 1940er Jahren dafür eingesetzt, den portugiesischen Dichter Teixeira de Pascoaes für den Literaturnobelpreis vorzuschlagen.

Schon im ersten Jahr seines Aufenthalts auf Mallorca war Thelen von seinem Freund Juan Sureda Bimet auf Teixeira de Pascoaes aufmerksam gemacht worden. Das erste Buch, das er in der deutschen Buchhandlung am Borne fand, war Pascoaes' Biographie *São Paulo* in spanischer Sprache, in einer in Thelens Augen unzulänglichen Übersetzung. Den Umschlag zierte ein Bild des Paulus, gezeichnet von einem spanischen Künstler; Verfasser des Vorworts war der spanische Philosoph und Dichter Miguel de Unamuno. Das Buch war im Verlag Apolo in Barcelona erschienen, dem Verlag, in dem auch die Romane von Thelens Freund Joaquin Verdaguer veröffentlicht wurden. Aber wie so oft hatte er nicht genug Geld bei sich, um sich das Buch kaufen zu können, und so wurde er aus der Buchhandlung auf das unfreundlichste hinauskomplimentiert. Erst der befreundete Buchhändler Mulet, bei dem er anschreiben lassen konnte, händigte ihm das Buch aus. Es habe ihm *die schönsten Seelenfreuden* bereitet, heißt es in der *Insel des zweiten Gesichts*: *Der »São Paulo« von Teixeira de Pascoaes wurde das große Abenteuer meines Lebens. Don Juan Sureda Bimet: dein katholischer Deutscher dankt dir und deinen goldenen Adern dafür, daß du ihn mit Pascoaes und seinem iberischen Paulus in den Himmel des Gottlosen entrückt hast. Ich hatte ein religiöses Genie entdeckt.*[1]

Um das Buch im Original lesen zu können, lernte Thelen in Windeseile Portugiesisch. Nachdem er es ausgiebig studiert hatte, wandte er sich am 2. Juni 1935 in einem ersten Brief an Teixeira de Pascoaes und bat um die Erlaubnis, den *São Paulo* ins Niederländische und ins Deutsche übersetzen zu dürfen. Die geistige Beziehung, die sich aus dieser Begegnung entwickelte, war eine der prägendsten und nachhaltigsten im Leben Thelens. In Teixeira de Pascoaes fand er einen Gesprächspartner, mit dem er seine melancholische, weltentrückte Seite ausleben konnte. In den Briefen an ihn kommt der *Erzweltschmerzler*, der *Weltverneiner*, der *Wanderer ohne Ziel / und ohne Zuversicht*[2], der Todessehnsüchtige zu Wort, der sich hinter der Keckheit und Angriffslust des Picaro verbirgt.

Teixeira de Pascoaes wurde 1877 oder 1878 – darüber war er sich selbst nicht sicher – als zweitältester Sohn in wohlhabenden Verhältnissen auf dem Weingut Pascoaes in São João de Gatão bei Amarante im Norden Portugals geboren. Er studierte zunächst Rechts- und Staatswissenschaften in Coimbra und gründete nach seiner Promotion eine Advokatur in Oporto. Aufsehen erregte er, als er eine Kindsmörderin vor Gericht erfolgreich verteidigte und sie vor lebenslanger Haft bewahrte. Das *Ende seiner*

Rechtsbeflissenheit[3], berichtet Thelen in seinem Text zu Pascoaes im *Napoleon*, war gekommen, als er als Richter im Landkreis Amarante die Gefängnisse öffnen und die Sträflinge laufenließ. 1913 quittierte Pascoaes den juristischen Dienst und zog sich endgültig auf das Weingut seiner Familie zurück. Er lebte von nun an ausschließlich von den Einkünften, die ihm durch die elterlichen Güter zuflossen, und begann zu schreiben – nicht ein einziges Mal, wie Thelen staunend vermerkte, gegen Honorar. Als Visionär, religiöser Atheist und Mystiker schrieb er Gedichte, Versepen, Dramen und Romane. Er war der Wortführer einer als »Portugiesische Renaissance« bekannten Literaturbewegung, die eine nationale Erneuerung im Sinne der *saudade* anstrebte, der in der Seele der Portugiesen tief verankerten Sehnsucht nach dem Unendlichen, nach dem Tod. Teixeira de Pascoaes, der mehr als fünfzig Jahre in klösterlicher Abgeschiedenheit auf Schloß Pascoaes gelebt hat, starb am 14. Dezember 1952.

Schon in einem seiner ersten Werke, der *Arte de ser portugués*, unternahm Pascoaes den Versuch einer Bestimmung der portugiesischen Wesensart mit der Absicht, durch Besinnung auf die ursprünglichen, natürlichen und schöpferischen Kräfte des Landes, auf seine geschichtliche und kulturelle Überlieferung, auf seinen Glauben, sein Denken und Fühlen ein eigenes Kultur- und Nationalbewußtsein zu begründen und dem drohenden geistigen, politischen und moralischen Verfall entgegenzuwirken. Der *saudosismo,* Ausdruck der portugiesischen Geistesart, in der sich sinnliches Begehren und wehmütige Erinnerung, Geistigkeit und Körperlichkeit vereinen, ist Ausgangs- und Endpunkt seiner Dichtung. Auf der Basis eines universalistischen Welt- und Lebensgefühls versuchte Pascoaes, auf den ersten Blick so unversöhnliche Begriffe wie Individuum und Gemeinschaft, Tradition und Revolution sowie

heidnische und christliche Elemente miteinander zu verbinden. In breit angelegten biographischen Werken entmythologisiert und vermenschlicht er Heilige und Helden, indem er sie mit menschlichen Eigenschaften und elementaren Bedürfnissen ausstattet und mit dem einfachen Menschen auf eine Stufe stellt, um sie, dichterisch sublimiert, im Pascoaesschen Kosmos neu erstehen zu lassen.
Bei Thelen, dessen Vertrauen in die Kirche seit frühester Jugend enttäuscht war, stieß der unkonventionelle Umgang mit christlichen Traditionen mit dem Ziel, Gott in seiner *erbarmungslosen Gottlosigkeit* darzustellen, auf offene Ohren und Sinne. So fiel die Lebensbeschreibung des *São Paulo* bei Thelen auf fruchtbaren Boden. *Probleme, die mich seit Jahren bewegten, Dinge jenseits der letzten Dinge fand ich angerührt in einer faszinierenden, oft dunklen, oft armen Sprache: die Gottessünde, die Welterneuerung, die Einsheit von Verbrechen und Erlösung...*[4]
Pascoaes entwirft im *São Paulo* das Ideal eines an die Ursprünge aller Religiosität zurückführenden Christentums. Die Lebenszeit des Apostels von seiner Bekehrung bis zum Tod, die die Jahre 37 bis 64 n. Chr. umfaßt, erscheint ihm als die bedeutendste Epoche der Religionsgeschichte, insofern als dem Christentum, das zu jener Zeit noch nicht dogmatisiert und institutionalisiert war, in der Auseinandersetzung mit dem Heidentum eine ungebrochene religiöse Kraft innewohnte. Paulus, der Völkerapostel, wird als einfaches menschliches Wesen geschildert, alles Leben, auch das Körperliche, als Aktivität der Seele gedeutet. Die vergeistigte Rückkehr zu den Ursprüngen einer solchen Religiosität, wie sie sich in der Gestalt des Paulus manifestiert, steht für Pascoaes auf einer Stufe mit der reinen Dichtung und der reinen Wissenschaft.

Ladenhüter für die »happy few«

... damals wußte ich, daß ich der Übersetzer dieses Dichters werden würde. Ich bin es geworden, und mehr noch: sein Leibhumanist, wie Menno ter Braak mich getauft hat. Und nun, so Gott will, der »gottlose« Gott von Pascoaes, werde ich auch noch sein Biograph.[5] Sein Biograph ist er nicht geworden, aber sein Übersetzer und Fürsprecher, Promotor, wie man heute sagen würde, bei deutschen und niederländischen Verlagen. Es ist das Verdienst Thelens, Pascoaes nicht nur übersetzt, sondern sich auch um Veröffentlichungsmöglichkeiten bemüht und ihn so zumindest einem kleinen Kreis von Lesern zugänglich gemacht zu haben. Während er in seinen optimistischsten Träumen schon eine *herrliche Teixeira-Welle die Literatur des Nordens überfluten*[6] sah, wurde er in der Realität immer wieder enttäuscht. Zu dunkel, zu obskur, zu pessimistisch, *zu wild geschrieben*[7] erschien vielen Verlagen das Werk des Mystikers, so daß er wohl doch eher ein *Ladenhüter* für die *happy few*[8] blieb. Am liebsten hätte Thelen sich als Übersetzer und Herausgeber des gesamten Werks des Freundes in staatlichem Auftrag gesehen, womit der eigene Lebensunterhalt gesichert und für die Publizität des verehrten Meisters gesorgt gewesen wäre. *Es gibt wenige Dichter, die ihren Leserfreunden eine solch inbrünstige und gerechte Apologie widmen können, die zugleich und schon an sich eine neue Schöpfung voller origineller Ideen und geistreicher Aperçus darstellt!! Ich habe es nachts im Bett gelesen, in einem Zug, und die Lektüre hat mir eine große Seelenfreude bereitet. Wehe den Rationalisten! Ihnen muß die teixeirinische Vorstellung vom Universalen Menschen nicht allzusehr gefallen!*[9] schrieb er in einem Brief an Pascoaes vom 21. Juni 1937.

Für die geplante deutsche Ausgabe des *São Paulo* bat Thelen Miguel de Unamuno, einen der bedeutendsten spanischen Denker des 20. Jahrhunderts, um ein Vorwort. Dazu kam es nicht; Miguel de Unamuno starb am letzten Tag des Jahres 1936. Den nachhaltigsten Erfolg seiner Bemühungen um die Herausgabe der Werke von Pascoaes erreichte Thelen in den Niederlanden, wo der Verleger Meulenhoff alle drei Werke herausbrachte: *Paulus. Der Dichter Gottes* (*Paulus, de dichter Gods*, 1937), den Thelen auf Mallorca ins Deutsche und Niederländische zu übersetzen begonnen hatte, *Hieronymus. Der Dichter der Freundschaft* (*Hieronymus, de dichter der vriendschap*, 1939), den er gemeinsam mit dem niederländischen Dichter Hendrik Marsman ins Niederländische und Deutsche übertrug, und *Napoleon. Spiegel des Antichrist* (*Napoleon. Spiegel van de Antichrist*, 1950).

Die schon auf Mallorca begonnene Suche nach einem deutschsprachigen Verleger für *São Paulo* gestaltete sich äußerst schwierig. Bereits im Juni 1936, noch von Mallorca aus, schrieb Thelen an Pascoaes über seine Enttäuschung, als ihm ein Schweizer Verlag riet, *so etwas wie einen »Paulus« in konzentrierter Form herzustellen. Damit – nimmt er an – würde das Werk leichteren Absatz finden. Natürlich sind auch Maggiwürfel ein Schweizer Produkt.*[10] Wenn auch mit halbem Herzen, entschloß sich der Zürcher Rascher Verlag 1938 schließlich zu einer Veröffentlichung. *Rascher ist wegen des »Paulus« recht nervös. Er hat nicht die glückliche Hand eines Meulenhoff…, und im Grunde ist er nicht von dem Buch überzeugt; er hängt zu sehr vom Urteil der anderen ab. Deshalb habe ich ihm gegenüber eine schwierige Position. Ihm fehlt das Genie jener großen Verleger, die gegen die Meinung der breiten Massen einen Thomas Mann, einen Hauptmann usw. »gemacht« haben.*[11] Zuvor hatte Rascher Thelen überzeugen wollen, das Wort »Jude« durch »Hebräer« zu ersetzen, um sich keine Schwierigkeiten mit den Nazis einzuhandeln, was Thelen rigoros ablehnte. Lieber lasse er sich selber ins Jenseits befördern, als derartige Konzessionen an die Nazis zu machen. So nahm Rascher die Änderung eigenmächtig vor. Aber auch dieses Zugeständnis konnte den Skandal nicht verhindern. Der deutsche Börsenverein und die Reichsschrifttumskammer protestierten, weil sie im Werk über den hinkenden Apostel Paulus eine Parodie auf den Propagandaminister Goebbels wähnten. Der Vertrieb des Buches im Deutschen Reich wurde daraufhin verboten.

Auch *Hieronymus. Der Dichter der Freundschaft* erlebte keine günstige Aufnahme. 1941 kam er zunächst in dem von Koloman Kollár in Amsterdam und Leipzig gegründeten Tiefland-Verlag heraus. Kollár, ein ebenso sensibler wie umtriebiger Verleger, plante sogar eine Gesamtausgabe des Pascoaesschen Werks. Völlig erfolglos war die Suche nach einem deutschsprachigen Verleger für Thelens dritte Pascoaes-Übersetzung, den *Napoleon*, den er parallel zu dessen Entstehung während seines Aufenthalts in den 1940er Jahren in Portugal übersetzt hat. Wie wichtig Thelen aber die Veröffentlichung des Werks war, wird aus der Tatsache ersichtlich, daß der *Napoleon* von der testamentarischen Verfügung ausgenommen war, nach seinem Tod alle unveröffentlichten Texte ungelesen zu vernichten. So konnte das Buch mit fast sechzigjähriger Verspätung 1997 im Bonner Weidle Verlag erscheinen.

Napoleon. Spiegel des Antichrist erzählt in poetisch-mystischer Innenschau das Leben Napoleon Bonapartes, von Korsika bis Sankt Helena, eingebettet in das kollektive Schicksal Europas zwischen Heroismus und Verzweiflung. Er ist das Gegenstück zu *Paulus. Der Dichter Gottes*. Wie sich im *Paulus* der religiöse Traum manifestiert, so im *Napoleon* der politische. Wie sich im *Paulus* Christ und Antichrist begegnen, so stellt Pascoaes im *Napoleon*

den Vollstrecker der Französischen Revolution und Neuerer Europas dem selbstgekrönten Kaiser gegenüber, der Europa in den Abgrund stürzt: beide Male die zwei Seiten ein und derselben Person.
Pascoaes' an Schopenhauer, Nietzsche und den Mystikern orientierte Sichtweise und sein für heutige Leser gelegentlich verstiegen und pathetisch wirkender Stil übten auf Thelen eine ungeheure Faszination aus. Er spürte hinter dem hohen, ambitionierten Ton die Wärme und Menschlichkeit, die Menschenliebe dieses von der Welt zurückgezogen lebenden, wie er selbst zur Verschrobenheit neigenden Eremiten. Die Einsicht, daß es kein Entweder-Oder, kein Schwarz oder Weiß, kein Gut oder Böse gibt, nicht Gott oder Teufel, sondern nur unzählige Spielarten des menschlichen Daseins, entsprach Thelens Denken und Fühlen ebenso wie Pascoaes' Bekenntnis zur uneingeschränkten Subjektivität dichterischer Wahrheit, denn, so heißt es im Vorwort zum *Paulus*, »die Dichtung ist das Reich der Wahrheit, die Wirklichkeit das der Wissenschaft«[12].

Ein heikler Transit

Von Herbst 1939 bis 1946 lebten Albert Vigoleis Thelen und Beatrice auf dem Weingut in São João de Gatão bei Amarante als Gäste der wohlhabenden Familie Pascoaes. Nach ihrer fluchtartigen Abreise von Mallorca und einem insgesamt fast dreijährigen Aufenthalt an verschiedenen Orten in der Schweiz entschieden sie sich Anfang 1939, der Einladung Pascoaes' nach Portugal zu folgen. Ein Visum wurde ihnen allerdings erst ausgehändigt, nachdem Thelen sich auf dem Konsulat in Lugano, das ihre Pässe unnötig lange einbehalten hatte, verrückt stellte. *Damit ein deutscher Staatsangehöriger heutzutage überleben kann, muß er entweder ein Held oder ein Idiot sein!*

Ich bin weder das eine noch das andere. Das ist unsere Tragödie, und es ist die Tragödie des freien Geistes[13], schrieb er im Juni 1939 an Pascoaes.

Ihr Weg führte durch Südfrankreich und den Norden von Franco-Spanien, ein heikler Transit, zumal sich Thelen hartnäckig weigerte, den offiziellen Gruß *»Arriba España, Viva Franco«* zu erwidern. Für den Fall, daß sie festgenommen oder Fallschirmspringer des Deutschen Reiches über Portugal abspringen würden, hatten sie eine kleine Kapsel mit Gift stets griffbereit im Handgepäck. Im Norden Portugals angekommen, wurden sie von dem Fahrer der Familie Pascoaes mit einem Wagen in Empfang genommen und auf das Weingut bei Amarante gebracht. Am 1. September 1939, am Tag des Ausbruchs des Zweiten Weltkriegs, kamen sie dort an. Wieder einmal war ihnen die Flucht in letzter Minute gelungen.

Die Beschreibung der Reise ist eines der vier erhalten gebliebenen Kapitel des als Fortsetzung der *Insel des zweiten Gesichts* konzipierten Werks mit dem Titel *Die Gottlosigkeit Gottes oder das Gesicht der zweiten Insel*, worin Thelen die Jahre in Portugal beschreiben wollte, zusammen mit einer integrierten Biographie des Meisters Teixeira de Pascoaes. Es gibt verschiedene Spekulationen darüber, ob dieses Werk von Thelen vollendet und kurz vor seinem Tode von ihm selbst vernichtet worden oder ob es, abgesehen von den erhalten gebliebenen Passagen, gar nicht entstanden ist. Einiges spricht dafür, daß Thelen von einer Biographie Teixeira de Pascoaes' Abstand nahm, um nicht im nachhinein dem verehrten Dichter ein Denkmal zu setzen, das diesen eher kompromittiert als ihm zur Ehre gereicht hätte. Gemeint ist dessen Homosexualität, die sowohl von seiner Familie als auch von ihm selbst vor der Öffentlichkeit stets verborgen gehalten worden ist.

Aus *Die Gottlosigkeit Gottes oder das Gesicht der zwei-*

ten Insel las Thelen 1966 in einer privaten Lesung in Neu-Isenburg. Ein Mitschnitt dieser Lesung liegt als Doppel-CD in der *edition die horen* vor. Es ist ein Tondokument, das noch heute die Hörer in seinen Bann zieht. In der spontanen, fast unbändigen Art, in der Thelen seine geschriebenen Texte liest und die entsprechenden Überleitungstexte extemporiert, wird deutlich, wie fließend für ihn der Übergang vom Erzählen zum Schreiben war, daß es letztlich ein und dasselbe ist.

Thelens Fürfallenheit

Die sieben Jahre, die Albert Vigoleis und Beatrice Thelen in Portugal verbrachten, waren überschattet vom Zweiten Weltkrieg. Doch auch angenehme Erlebnisse gab es im Kreis der Familie Pascoaes, die die Gäste wie vertraute Freunde am familiären Leben teilnehmen ließ. Beatrice war fasziniert von einem Bruder Pascoaes', der als Elefantenjäger in Afrika lebte. Thelen schildert die Hochzeitsfeierlichkeiten einer Nichte von Pascoaes mit einem Neffen des letzten Königs von Portugal und macht sich einen Jux daraus, sich in kleinen Anzüglichkeiten zu ergehen – eine willkommene Gelegenheit, einmal etwas über die Pascoaessche Strenge zu schlagen. … *ich selbst, neugierig von beruf, möchte statt des kolossalen festgelages erwirken: ein minimes partikelchen in der scheide der braut zu sein, um teilzuhaben an der grossen szene nach mitternacht. keines menschen phantasie reicht aus, das zu bedenken.* Der Bräutigam, *eine runde null*[14], der immer ein mit 4711 bestäubtes Tüchlein im Hosenschlitz trage, belustigte ihn ebenso wie die Bigotterie der Braut, die bereits im siebten Monat schwanger war.
In der Zeit, die Albert Vigoleis und Beatrice Thelen auf dem Weingut der Familie Pascoaes und in Travanca do Monte, einem entlegenen Bergdorf, lebten, schrieb Thelen

neben der Übersetzung des *Napoleon* und des Aphorismenbandes *Das dunkle Wort* auch eigene Gedichte. Sie erschienen 1942 unter dem Titel *Schloß Pascoaes* in einer begrenzten Auflage von 150 numerierten Exemplaren im Rhein-Verlag, einem der Verlage von Koloman Kollár. Es war Thelens erste eigene Buchveröffentlichung, und das mitten im Krieg. Man kann es sich lebhaft vorstellen, wie der Dichter Thelen die Säle und Zimmer des Schlosses und den Park mit seinen Fontänen, Skulpturen und uralten Bäumen durchwanderte und wie ihm, inspiriert von der erhabenen Schönheit des Pascoaesschen Ambiente, Sonette aus der Feder flossen, die in ihrem hohen, feierlichen, gelegentlich pathetischen Ton an die Neuromantiker, an D'Annunzio, Rilke und George erinnern.

Fons Delphinis

Aus der Delphine plattem Maul gespien
senkt sich das Wasser singend in die Schale,
drin Fische silbern ihre Ringe ziehn,
versteinter Spender stumme Ebenmale,

die, wenn es tagt, sich gegen Abend neigen
und in der Nacht schon gegen Morgen flehn –:
Wann wird des Brunnens Spiegel endlich steigen
und mit der Ströme Rauschen übergehn

ins weite Meer, in Licht, in Freiheit, Leben –
Ist Gottes Allmacht hier ein Ziel gesetzt?
Die Schale gibt, was Strahl um Strahl gegeben,

indes der Fabelfische Leiber glänzen,
vom Schuppenspiel der Sprüher übernetzt,
und steinern speien mit verschränkten Schwänzen.[15]

Als nach Ende des Kriegs bekannt wurde, daß Thelen sich angeblich für einen niederländischen Widerstandskämpfer eingesetzt hatte, konnte die Familie Pascoaes das Bleiben ihrer Gäste nicht länger vertreten, ohne selbst in Gefahr zu geraten, da Portugal nach wie vor unter Salazar ein faschistisch organisierter Ständestaat war und Staatsgegner gnadenlos verfolgt wurden. Als staatenloser Exilant war Thelen, dem man eine Nähe zum Anarchismus und Kommunismus nachsagte, zudem verdächtig und stand auf der Liste der PIDE, der Geheimpolizei. Rina Marsman, die Frau von Hendrik Marsman, hat sich daraufhin dafür eingesetzt, daß die niederländische Regierung beiden ein Visum für drei Monate ausstellte. Im Februar 1947 verließen die Thelens Portugal in Richtung Amsterdam.

Die auf einer innigen Seelen- und Geistesverwandtschaft beruhende Korrespondenz zwischen Thelen und Pascoaes blieb bis zu Pascoaes' Tod 1952 bestehen. Weit über einhundert Briefe Thelens an den verehrten Dichter und *Confrater* legen Zeugnis ab von dem Vertrauen und der Verehrung dem portugiesischen Dichter gegenüber, der ihn, wie er ihm einmal schrieb, *melancholischer macht, als ich eigentlich bin*[16].

Die von Pascoaes behandelten Themen, die auch Thelen sein Leben lang beschäftigten, erklären dessen *Fürfallenheit* für Pascoaes, hatte doch auch Thelen stets den Eindruck, daß in seiner Dichtung das Profane mit dem göttlich geoffenbarten Wort rang. So stimmte er mit Pascoaes auch darin überein, daß der Mensch nichts anderes sei als ein Tier, das vor den Göttern die Tragikomödie verkörpere, woraus sich die legitime Forderung des Menschen an Gott nach Gnade und einer generellen göttlichen Amnestie ableite, denn der Mensch sei nicht der *Sünder*, sondern die *Sünde* der Schöpfung[17] – ein Wagnis, wie Thelen in seinem Nachwort zu *Hieronymus. Der Dichter der Freundschaft* schrieb. *Mögen die Parvenus der Logik über Pascoaes lächeln; mögen die Gottespächter der Theologie ihn als Ketzer verdammen; mögen die Schriftsteller von Fach ihrem dilettierenden Kollegen weiterhin Ratschläge erteilen, wie man ihn zur Schreibzucht erziehen könne –: es ändert nichts an der Tatsache, daß eine gläubige Gemeinde auf das Wort des Dichters hört, in allen Schichten der Bevölkerung, in vielen Ländern.*[18]

Von li. nach re.: Beatrice Thelen, Geert van Oorschot, Albert Vigoleis Thelen und Frau van Oorschot, Amsterdam, 1953

Literarische Freunde aus Amsterdam
Thelen und die niederländische Literatur

In Süchteln am Niederrhein geboren, hatte Albert Vigoleis Thelen gewissermaßen qua Herkunft eine enge Beziehung zu den Niederlanden. Die flache, sattgrüne niederrheinische Landschaft zu beiden Seiten der Niers läßt den Blick in die Ferne schweifen und den Nebel über der Nordsee ahnen. Es ist eine schwermütige Landschaft. *Mein Rhein ist der Winterrhein*, schrieb Heinrich Böll, *der Rhein der Krähen, die auf Eisschollen nordwestwärts ziehen, den Niederlanden zu: ein Breughel-Rhein, dessen Farben Grüngrau sind, Schwarz und Weiß, viel Grau, und die bräunlichen Fassaden der Häuser, die sich erst wieder auftakeln, wenn der Sommer naht.*[1]

In dieser Gegend wurde Albert Vigoleis Thelen am 28. September 1903 als dritter von vier Söhnen geboren. Der Vater, Louis Thelen, war Buchhalter, später Prokurist in einer Weberei, die Mutter, Johanna, eine geborene Scheifes, erzog die vier Jungen kaisertreu, bürgerlich und streng katholisch. In der Schule, die *die irreführende Bezeichnung humanistisch* trug, aber eher einer Kadettenanstalt glich, wurde er als *nationaler Dummkopf* abqualifiziert, was für ihn später einem Kompliment gleichkam. Das niederrheinische Spießermilieu, die wachsende Kriegsbegeisterung, die Bigotterie und die Macht des Klerus – das alles war für den schon damals weltoffenen, neugierigen und skeptischen jungen Thelen eine Plage. Seine Aversion gegen Schule, Kirche und Elternhaus wuchs kontinuierlich. Einzig seiner Mutter, dem *Mötterken*, die 1968 im Alter von 94 Jahren starb, brachte er bis an ihr Lebensende liebevollen Respekt entgegen. Mit sechzehn brach er die Schule ab, machte eine Schlosserlehre in einer Süchtelner Weberei, arbeitete als technischer Zeichner in einer Viersener Zentrifugenfabrik und besuchte schließlich die Textilfachschule in Krefeld. 1925 wurde er mit kleiner Matrikel zum Studium an der Universität Köln zugelassen. Er studierte zunächst Germanistik, Kunstgeschichte und Philosophie, ab 1926 in Münster auch Niederländische Philologie und Zeitungswissenschaft. Aus dieser Zeit stammt sein zweiter Vorname, der auf den mittelalterlichen Ritter Wigalois, den *Ritter mit dem Rade* aus einem Volksbuch von Wirnt von Gravenberg, zurückgeht. Die Kommilitonen, die ihm den Namen zuerkannten, meinten die Helmzier. *Ich aber deutete es als das Rädchen im Kopf und fand es gut getroffen... Natürlich drehte ich den Spieß jetzt um, und was als Hänselwort gedacht war, erhob ich ins Ritterbürtige...*[2] Zwischenzeitlich arbeitete er auf der Geflügelfarm seines Bruders Joseph, für die er einen Hühnerwecker und ein System von Fallennestern erfand. Die Niederlande interessierten Thelen von Jugend an. Er kannte sich in der zeitgenössischen niederländischen Literatur gut aus. Das bewog ihn, drei Werke, die er besonders schätzte, auf eigenes Risiko zu übersetzen: Victor Emmanuel van Vriesland, *Het afscheid van de wereld in drie dagen (Abschied von der Welt in drei Tagen)*, Jan Jacob Slauerhoff, *Het verboden rijk (Das verbotene Reich)*, und Menno ter Braak, *Carnaval der burgers (Karneval der Bürger)*. Einen Verleger fand er für keines von ihnen. *Karneval der Bürger* bot er vergeblich mehreren Verlagen an, darunter Malik, S. Fischer und der Deutschen Verlags-Anstalt. Dabei hatte Thomas Mann bereits seine Zusage für ein Vorwort gegeben. Auch *Das verbotene Reich* von Jan

Jacob Slauerhoff wurde von mehreren Verlagen abgelehnt. Slauerhoff, der als Schiffsarzt auf den Weltmeeren unterwegs war und 1936 nach einem kurzen, unsteten Leben starb, gehört zu den Vorläufern der niederländischen Moderne. Erst 1986 brachte der Klett-Cotta Verlag, in dessen Archiv sich das Manuskript noch befand, die deutsche Übersetzung auf den Markt, just in dem Jahr, in dem Thelen nach Deutschland zurückkehrte.

Menno ter Braak, der Schriftstellerkollege

Das erste Mal hielt sich Thelen 1931 für längere Zeit in Amsterdam auf. Er besuchte Beatrice, die er auf der Internationalen Presseausstellung, der Pressa, in Köln kennengelernt hatte und die in einer Expeditionsfirma als Fremdsprachenkorrespondentin arbeitete. Er bewohnte eine Mansardenstube bei Madame Perronet in der Nicolaas Beetsstraat. In dieser Zeit beschäftigte er sich vor allem mit Menno ter Braaks *Karneval der Bürger*, einer Sammlung kultursoziologischer Essays, die sich mit dem Antagonismus Bürger–Dichter, Konvention–Phantasie auseinandersetzen. Der Karneval als Synthese steht für das verlorene Paradies, die sich immer wiederholende Camouflage, das Spiel mit Konventionen und Verkleidungen als Bürger, Künstler, Intellektueller. Der Topos vom *zweiten Gesicht* – so lautet auch der Titel eines anderen kulturkritischen Essays von Menno ter Braak – deutet auf eine Wesensverwandtschaft zwischen Ter Braak und Thelen hin, die ihren Niederschlag im Titel der *Angewandten Erinnerungen* gefunden hat.

Ter Braaks illusionslose, vom Nihilismus beeinflußte Texte wurden vor dem Hintergrund der sich wandelnden politischen Systeme als Ausdruck der Ohnmacht des Dichters gelesen, sich aus der Welt überkommener bürgerlicher Werte zu befreien. Seine stilistische Meisterschaft und sein mystischer Unterton wirkten auf Thelen faszinierend, obwohl der erste Eindruck noch zwiespältig gewesen war. *Fragmente des Buches hatte ich in einer Zeitschrift gelesen, mich an der schriftstellerischen Technik geärgert und nicht viel von dem Ganzen begriffen. Dennoch kaufte ich das Buch, weil mich die romantische Grundhaltung ansprach ...*[3] Um dem Text näherzukommen, ihn zu verstehen, entschloß er sich, ihn zu übersetzen, und schrieb ihn in elf Tagen in die Maschine. *Allerdings mußte ich die Nächte in meine Arbeit einbeziehen, was zu Reibungen mit der Hospita führte, da ein Zimmernachbar sich über den Radau meiner ausgeleierten Schreibmaschine beklagte. Nach zehn Uhr abends stellte ich darum die Maschine aufs Bett, zog schalldämpfende Wände aus Kissen um sie herum, kniete davor und schrieb bis zum Morgengrauen weiter.*[4]

Menno ter Braak, 1902 geboren, der als der bedeutendste Essayist seiner Zeit und als Galionsfigur der niederländischen literarischen Avantgarde gilt, gründete 1932 gemeinsam mit Edgar du Perron die liberale, nach 1933 deutlich antifaschistische Zeitschrift *Forum*, die bis 1935 bestand und in der Autoren wie Klaus Mann und Joseph Roth ein Podium fanden.

Thelen und Menno ter Braak stimmten sowohl in ihrer Kunstauffassung als auch in ihrer politischen Standortbestimmung überein. Menno ter Braak, der aus einer streng protestantischen, sozial denkenden Pastorenfamilie stammte, war wie Thelen geprägt von der Friedfertigkeit seines Elternhauses, aber auch durchdrungen von Auflehnung und Kampf gegen falsche Autoritäten. Beide waren scharf denkende Dialektiker, die dem Leben schon früh nüchtern und illusionslos gegenüberstanden. Wie später Thelen hegte auch Ter Braak eine tiefe Aversion gegen den Kunst- und Literaturbetrieb. Ter Braak konnte in seinen Kritiken und Polemiken so bissig werden, daß sein Name gelegentlich in »*af-braak*« (Abbruch) umgewandelt wurde. Sein Selbstmord in der Nacht des Einmarsches der deutschen Truppen am 14. Mai 1940 war die Konsequenz seines Vorsatzes, sich nicht unter ein bestimmtes geistiges Existenzniveau zwingen zu lassen. Eine Konsequenz, die Thelen bei aller Trauer um den Freund Respekt und Achtung abverlangte, schwebte doch auch ihm häufig – wenn auch nicht in dieser tragischen Konsequenz – der Suizid als einziger Ausweg vor.

Als Ter Braak 1933 einen neuen Rezensenten für deutschsprachige Exilliteratur im Feuilleton der Zeitung *Het Vaderland* suchte, erinnerte er sich an Thelen, den Übersetzer seines *Karneval der Bürger*. Der bisherige Rezensent, Friedrich Markus Huebner, hatte es abgelehnt, den ersten Band von Thomas Manns Romanzyklus *Joseph und seine Brüder. Die Geschichten Jaakobs* zu rezensieren. *Huebner hatte Angst, erschossen zu werden, wenn er sich mit dem heiklen Buch einließe*. Nachdem Thelen seine Zustimmung gegeben und man sich über die Konditionen verständigt hatte, schlug Ter Braak Thelen vor, unter einem Pseudonym zu schreiben. *So bekam ich einen kleinen Marktstand beim »Vaderland« unter dem Krämernamen Leopold Fabrizius.*[5]

Am 18. Februar 1934 erschien die erste Sammelrezension unter dem Titel *Deutsche Literatur in der Fremde*, ein Plädoyer für die Freiheit des Wortes gegen die *Uniformierung des deutschen Geistes*, gegen den *Limes der »Gleichschaltung«*[6]. In der zweiten Besprechung vom 8. April 1934 schrieb Thelen: *Vorläufig – und das müssen wir als Kriterium noch einmal angeben – lassen sich die Bücher vieler Emigranten nach der Menge und Zuverlässigkeit des Materials ordnen, das die Autoren »zur Schau stellen«. Zukünftige Menschen, so formuliert es Heinrich Mann in*

»Der Haß«, werden nur dann der Sache eines gerechten Handelns gewachsen sein, wenn wir der Sprache der Wahrheit treu geblieben sind.[7] Ter Braak übersetzte Thelens Artikel ins Niederländische und redigierte sie. Gelegentlich sah er sich genötigt, sie politisch zu entschärfen, zu *stutzen*. Am 2. März 1940 rechtfertigte er sich für einige Streichungen, die er habe vornehmen müssen. *»Die Zeitungen hier sind nämlich nur durch die farbloseste Neutralität, die denkbar ist, gekennzeichnet, um vor allem bei diesem Herrn Adolf keinen Anstoß zu erregen. Als ob dieser sich um solche Formüberlegungen kümmern würde!«*[8]

Auffallend sind die fundierte Kenntnis, die klare Urteilsfähigkeit und Unbestechlichkeit, womit Thelen auf der fernen mediterranen Insel resümierte, reflektierte, kritisierte. Berühmte Namen schüchterten ihn nicht ein. Mit Döblin und Polgar ging er ebenso hart ins Gericht wie mit Vicki Baum, Georg Hermann oder René Schickele, wenn er es für notwendig hielt. Er unterschied zwar zwischen literarischen und inhaltlichen Faktoren, erlag aber nie der Versuchung, ein literarisch unbedeutendes Buch allein seiner politischen Implikationen wegen zu loben. Wobei die Bücher, die Ter Braak ihm nach Mallorca schickte, per se fast immer eine starke politische Ausrichtung hatten. *Bei anderen wieder dachte ich: wie schade, daß die Emigration nichts Besseres auf die Beine bringt, und wie mancher Schreiber findet nun einen Verleger, weil er anti ist.*[9]

Im Zeitraum zwischen Februar 1934 und April 1940 besprach Thelen in insgesamt vierzig Artikeln 143 Bücher deutschsprachiger Autoren, die nicht in Deutschland veröffentlicht werden konnten. Es handelte sich vorwiegend um Bücher aus den niederländischen Verlagen Querido und de Lange oder dem mittlerweile im schwedischen Exil gegründeten Bermann-Fischer Verlag, gelegentlich auch aus kleineren Schweizer oder österreichischen Verlagen.

Zu Vigoleisscher Hochform lief er in der polemischen Auseinandersetzung mit einem Leser in dem Artikel vom 19. Januar 1936 auf. Da hatte ein gewisser W. E. Ebbink, dessen Einwände ihn unzweideutig als einen Anhänger der Nazis auswiesen, Thelen, der sich in Anspielung auf die aktuelle Situation skeptisch zur Lernbereitschaft aus der Geschichte geäußert hatte, seinen Geschichtspessimismus vorgehalten. Thelen erwiderte, daß nur der behaupten könne, aus der Geschichte zu lernen, der zur oberflächlichen Schadensbekämpfung einen Feuerlöscher zu Hause habe und sich im übrigen um die Ereignisse außerhalb seines Hauses nicht schere. Er aber meine das *Positive – das einzige, worauf es meines Erachtens ankommt, wenn man vom Lernen spricht.* Daß man heute *gefahrlos* lebe, wie es der Schreiber des Briefes behauptete, widerlegte Thelen mit sarkastischer Verve: *Und weiter sagt Herr Ebbink, daß wir in einer Zeit sentimentaler Wieger und Wäger leben, die einen Zug anhalten lassen, weil eine Raupe auf den Schienen liegt. Wenngleich ich auch kein Mitglied einer Tierschutzvereinigung bin, so empfinde ich doch, wenigstens in dieser Zeit, Sympathie für die Raupe. Mich dünkt übrigens, daß Herr Ebbink, wenn er selbst an der Stelle der Raupe läge, auch schnell Partei für die Raupe nehmen und mit weniger Geringschätzung über das sentimentale Wiegen und Wägen eines potentiellen Lokführers sprechen würde. Gegenüber jenen, die den historischen Roman als Mittel zur Förderung der falschen Heldenverehrung gebrauchen möchten, wähle ich bedingungslos die Partei der Raupe, auch wenn mir das nicht sehr heldenhaft scheint.*[10] Der letzte Artikel von Thelen in *Het Vaderland* erschien am 28. April 1940, zwei Wochen bevor die deutschen Truppen in die Niederlande einmarschierten und Ter Braak seinem Leben ein Ende setzte.

Hendrik Marsman, der Übersetzerkollege

Ein anderer niederländischer Dichter, mit dem Albert Vigoleis Thelen eine enge Freundschaft verband, war Hendrik Marsman, maßgeblicher Wegbereiter der modernen Lyrik in den Niederlanden. Marsman nannte Thelen nicht nur einen seiner besten Freunde, sondern bestimmte ihn auch als Testamentsvollstrecker und *Beschützer* seiner Werke nach seinem Tod – ein Tod, der schneller als erwartet eintrat. Er kam bei der Überfahrt im Ärmelkanal 1940 ums Leben, als das Schiff, das ihn und seine Frau Rina ins Exil nach England bringen sollte, von deutschen U-Booten torpediert wurde. Sein Name würde genannt werden, *solange es die holländische Sprache gibt*[11], sagte Thelen in einem Gespräch mit dem Journalisten Hans Daiber in den 1970er Jahren.

Die erste Begegnung zwischen Hendrik Marsman, seiner Frau Rina und dem Ehepaar Thelen fand während eines Besuchs auf Mallorca 1934 statt. Allerdings fielen die entsprechenden Passagen in der *Insel des zweiten Gesichts*, in denen Vigoleis darüber berichtet, dem Rotstift zum Opfer. Hendrik Marsman, ein stark von Nietzsche und dem Expressionismus beeinflußter Dichter, in dessen Gedichten sich ekstatisches Lebensgefühl und Todesnähe zu einer neuen Dimension verbinden, arbeitete auf Mallorca an seinem Roman *Heden ik, morgen gij (Heute ich, morgen du)*. Einige Zeit später berichtete Thelen ihm von seiner Entdeckung des *Paulus*-Romans von Teixeira de Pascoaes, und auch Hendrik Marsman war unmittelbar von dem Text berührt.

Ostern 1937 – Thelen hatte bereits die Zusage von Meulenhoff zur Veröffentlichung des *Paulus* – besuchten Hendrik und Rina Marsman auf der Durchreise nach Rom die Thelens im Bruderholz/Basel, wo diese nach ihrer Flucht von Mallorca vorübergehend eine Unterkunft gefunden hatten. Thelen zeigte Hendrik Marsman seine angefangene Übersetzung des Pascoaesschen *Paulus*-Romans, und auch Marsman erkannte sich in dem Text wieder, hatte sogar den Eindruck, ihn selbst geschrieben zu haben. Kurzerhand entschloß er sich, mit Thelen zusammenzuarbeiten, obwohl seine Frau protestierte, wegen der Literatur im *stinkigen Basel* bleiben zu müssen. *Dann sind wir erst mal essen gegangen*, berichtete Thelen in einem Gespräch, das der niederländische Literaturwissenschaftler Hans Ester mit ihm 1987 führte, *bei den Anthroposophen. Henny sagte: »Ich brauche Fleisch.« Wir sind dann ins »Zum Ochsen« gegangen und haben wunderbares Fleisch gegessen und Wein getrunken.*[12] Hendrik und Rina Marsman mieteten ein Haus im Nachbarort Arlesheim und blieben mehrere Monate.

Diese Zeit des gemeinsamen Übersetzens war eine der arbeitsintensivsten Phasen in Thelens Leben. Vormittags arbeiteten sie zusammen an den Übersetzungen, Thelen vom Portugiesischen ins Deutsche, Marsman vom Deutschen ins Niederländische. Am Nachmittag tippte Beatrice die übersetzten Passagen ins reine. Die parallele Übersetzungsarbeit kam sowohl der deutschen als auch der niederländischen Fassung des Textes zugute. *Es geht sehr gut*, schrieb Thelen im April 1937 an Meulenhoff, *Marsman ist ein überlegener Kenner seiner Sprache und sorgt für das »vloeiend nederlandsch«, ich selbst interpretiere Satz für Satz an Hand des Originals und meiner deutschen Fassung.*[13] Gelegentlich störte sich Thelen an Marsmans Hang zum Perfektionismus. Dieser brachte immer neue Korrekturen in den Druckfahnen an, die Zeit in Anspruch nahmen und für Meulenhoff zusätzliche Kosten entstehen ließen. Aus den geplanten sechs Wochen gemeinsamer Arbeit wurden schließlich sechs Monate. Das Buch erschien im November 1937 pünktlich zum 60. Geburtstag von Pascoaes. Thelen erinnerte sich später ironisch: *Der Preis, den ich für diese Zusammenarbeit mit Marsman zahlen mußte, war, jeden Abend eine Geschichte zu erzählen. Das habe ich jeden Abend wie eine Art Scheherazade getan. Rina mußte für Fleisch sorgen. Wenn es mal kein Fleisch gab, sagte Henny: »Barendregt – das ist der Mädchenname Rinas – Barendregt, wenn es morgen kein Fleisch gibt, arbeite ich nicht weiter. Ich brauche jeden Tag Fleisch.«*[14]

Als Thelen sich eines Abends im Sommer 1937 auf seinem Weg von Marsmans zu seinem in unmittelbarer Nähe zur deutschen Grenze gelegenen Haus beobachtet und verfolgt fühlte, beschloß man gemeinsam, weiter ins Innere der Schweiz zu ziehen. In Auressio im Tessin ging die Arbeit noch eine Weile weiter. Die Marsmans bewohnten die von Werner Schulenburg gemietete Villa La Monda, die Thelens, weniger komfortabel, zwei stallähnliche Zimmer in der Nachbarschaft. Auch hier verbrachten die beiden Paare die Abende oft in gemütlicher Runde. Thelen unterhielt sie mit seinen vergnüglichen Erinnerungsgeschichten, aus denen Jahre später *Die Insel des zweiten Gesichts* werden sollte. Es war eine ruhige, friedliche, fast ein wenig biedermeierlich anmutende Szenerie, über die Thelen im *Grenzstein der Freiheit*, einem weiteren Kapitel aus dem Fragment gebliebenen Fortsetzungsband der Erinnerungen, *Die Gottlosigkeit Gottes oder das Gesicht der zweiten Insel*, berichtet: *Im ganzen keine schlechte Zeit, bei allem Elend.*[15]

Das Elend war der bevorstehende Krieg, mit dessen Beginn auch das friedliche Leben für Emigranten in der neutralen Schweiz zu Ende war. Vergeblich versuchten die Thelens, Hendrik und Rina Marsman zu überreden, mit ihnen zu kommen. *»Ihr seid in Gefahr, Ihr habt Teutonenpässe, wir sind freie Niederländer«*[16], soll Marsman gesagt haben. Während Hendrik Marsman bei der Überfahrt im Ärmelkanal ums Leben kam, überlebte Rina Marsman schwer verletzt. Nach dem Krieg ging sie zurück nach Amsterdam, von wo aus sie den Thelens nach dem Krieg half, das Visum für die Niederlande zu bekommen.

Geert van Oorschot, der Verleger

Nach ihrer Abreise aus Portugal 1947 gingen die Thelens zunächst in die Niederlande, wo sie sich mit offenen Armen aufgenommen fühlten, so daß der Entschluß, hier für einige Zeit zu bleiben, bald feststand. Sie waren glücklich, *wieder in amsterdam zu sein. es ist eine stadt, wo man sich geistig sehr wohl fühlt, und da ich hier einen namen habe bei den dichtern und künstlern, so lebt man sich sehr schnell ein. viele alte freunde haben wir schon wieder getroffen, und auch menschen besucht, die wir überhaupt nicht kannten und für die ich in portugal die verbindung mit ins ausland entwichenen leuten zustande gebracht hatte, vor allem juden. die wenigsten wussten, dass ich nicht einmal holländer war*[17], schrieb Thelen am 19. März 1947 an seine Mutter. Und im Gespräch mit dem niederländischen Autor Maarten 't Hart erzählte er: *...so etwas hatten wir noch nie erlebt. Lou Lichtveld, Max Nord, Binnendijk, Donkersloot und Meulenhoff haben alles für uns getan, andere auch. Victor van Vriesland war verliebt oder todkrank (bei ihm wußte man nie, ob es das eine oder das andere war und vielleicht war es ja dasselbe), ja, wir wurden außerordentlich gut empfangen...*[18] Beatrice arbeitete im Büro in der Beulingstraat, wo Meulenhoffs Im- und Export-Buchhandel seinen Sitz hatte. Sie wohnten in einer kleinen Wohnung in der Derde Helmersstraat. Bisher hatte sich Thelen in der niederländischen Literatur einen Namen als Kritiker von Exilliteratur in *Het Vaderland* gemacht; einige kannten ihn als emsigen

Briefeschreiber, andere als Autor eines *Portret van Mallorca*[19], das er 1933 im *Forum* veröffentlicht hatte.
Nun faszinierte er seine niederländischen Freunde mit seinen skurrilen Erinnerungsgeschichten, die er abendelang zum besten gab. Seine ironisch-geistreiche, kauzige Vortragsweise, eine Mischung aus behäbiger Gemütlichkeit, zeitlosem Pathos und frech aufblitzendem Schalk, womit er die Zeit anzuhalten und Vergangenes wiederzubeleben vermochte, faszinierte seine Zuhörer immer wieder, so daß der Gedanke aufkam, die Erinnerungen an die Mallorquiner Jahre niederzuschreiben. Auch hier wird wieder deutlich, wie fließend der Übergang vom mündlichen zum schriftlichen Erzählen bei Thelen ist. Schon Marsman hatte ihm in der Schweiz ins Gewissen geredet, seine Erinnerungen vor dem Vergessen zu bewahren. Auch Meulenhoff ermutigte ihn, sie aufzuschreiben. Den Ausschlag aber gab schließlich Geert van Oorschot, eine imposante Verlegerpersönlichkeit, dessen vitalem Optimismus und zwingender Überzeugungskraft sich kaum jemand entziehen konnte. Van Oorschot, als uneheliches Kind in einfachen Verhältnissen groß geworden, hatte sich vom Straßenfeger hochgearbeitet und in den Kriegsjahren den Querido Verlag geleitet. Inzwischen hatte er einen eigenen Verlag gegründet und war zu einer Instanz im literarischen Leben der Niederlande geworden.
Van Oorschot und Thelen lernten sich im Haus eines Ministers kennen. »Mann, schreiben Sie das auf!« könnte Van Oorschot gesagt haben, der sich daran erinnerte, daß Marsman ihm von einem Deutschen erzählt hatte, der in der Schweiz lebe und urkomische Geschichten in einer unverwechselbaren Art zu erzählen habe. Tatsächlich bestürmte Van Oorschot Thelen und versuchte immer aufs neue, ihn dazu zu ermutigen. Entscheidend aber war, daß er ihm anbot, seine Texte auf deutsch zu veröffentlichen.

Zunächst zierte sich Thelen, oder besser gesagt, er traute sich eine solche Aufgabe nicht zu. Bisher hatte er sich fast ausschließlich als Übersetzer einen Namen gemacht. Der eine Gedichtband, *Schloß Pascoaes*, hatte nicht viel Aufsehen erregt. Er stellte große Anforderungen an sich selbst und fürchtete, nicht gut, nicht interessant genug zu sein, um vor der Kritik, in der er sich selbst betätigt hatte, bestehen zu können. Zudem war er weitsichtig genug, um zu ahnen, daß er, wenn er zu schreiben beginne, nur von sich schreiben und daß ihn der Rede- und Schreibfuror, wenn dieser ihn erst einmal ergriffen hätte, so schnell nicht wieder loslassen würde. Peinigende Zweifel an sich und seiner *Untüchte*, die so gar nicht zu dem weit ausholenden, in seinem mäandernden Parlando egomanisch wirkenden Redegestus zu passen schienen.
Der Widerspruch ist evident und ein weiterer Stein im Mosaik der Doppelgesichtigkeit des Albert Vigoleis Thelen zwischen Pessimismus und Lebensfreude, zwischen Melancholie und Clownerie, zwischen Weltverneinung und überbordender Vitalität. Warum schreibt einer, der sich die Welt am liebsten *wegdenken würde*, der an sich und seiner *Untüchte* leidet und nichts zustande zu bringen glaubt, ein derart monumentales Werk? Fragte denn auch Adriaan Morriën, der Freund und Schriftsteller – ebenfalls hierzulande ein vergessener Autor, dessen Romane und Erzählungen in den 1950er Jahren auf deutsch erschienen und der 1954 als erster ausländischer Schriftsteller den Preis der Gruppe 47 erhielt –, in einem Gespräch mit Thelen, das als kleines Büchlein anläßlich des Erscheinens der *Insel* im selben Jahr, 1953, bei Van Oorschot herauskam. Aus Thelens Antwort spricht einmal mehr die teils demütige, teils vorwurfsvolle Haltung des »gläubigen Atheisten«, wie sie auch in den Briefen an Teixeira de Pascoaes zum Ausdruck kommt: *Ich werde durch*

das, was in der Schöpfung nicht geschaffen wurde, enorm angezogen. Das ist meine wichtigste Voraussetzung, ein Problem, das mich auch bei Pascoaes interessiert: das Nicht-Bestehen, allerdings nicht auf eine so langweilige Art wie bei Heidegger oder Jaspers. Sobald ich mit dem Schreiben etwas der Schöpfung hinzufüge, bleibe ich selber doch unvollkommen.[20] Auch der niederländische Autor Pierre H. Dubois vermutet, daß ihn solche Überlegungen lange vom Schreiben abgehalten haben, »obwohl ihm seine Finger gejuckt haben müssen«[21].

Vielleicht gibt es aber auch eine ganz einfache Erklärung, die schwierige wirtschaftliche Situation, in der das Ehepaar Thelen sein Leben lang und auch jetzt war. Einmal einen Bestseller zu plazieren, das stellte eine nicht geringe Verlockung dar. Nicht um berühmt zu werden – daran war Thelen, der dem offiziellen Literaturbetrieb eher skeptisch gegenüberstand und das Licht der Öffentlichkeit scheute, wenig gelegen, obwohl auch hierin eine Doppelgesichtigkeit seines Wesens aufscheint. Einerseits mied er alle öffentlichen kulturellen Instanzen, andererseits beklagte er sich später doch darüber, daß ihm nicht genügend Aufmerksamkeit entgegengebracht wurde. Verlockend aber war vor allem die Vorstellung, einmal genügend Geld zur Verfügung zu haben, um sich edle Weine – obwohl vom Niederrhein stammend, wo in erster Linie Bier getrunken wird, wußte Thelen einen guten Tropfen zu schätzen – oder gar die Artemis-Goethe-Ausgabe leisten zu können. *die möchte ich haben, aber wenn ich an meinem schmöker soviel verdiene, daß ich sie mir kaufen könnte, kaufte ich doch einen ring für beatrice und ramschte auf dem waterlooplein bongs-klassiker.*[22] So unterzog sich Thelen der ungeheuren Prozedur, denn um eine solche muß es sich bei dem Mammutprojekt gehandelt haben, 1500 Seiten in knapp neun Monaten zu Papier zu bringen.

1953 erschien die *Insel*, um 500 Seiten gekürzt, die von Thelen eigenhändig vernichtet worden sind, in deutscher Sprache im Verlag G. A. van Oorschot. Um das Buch auch auf dem westdeutschen Markt verkaufen zu können, brauchte Van Oorschot einen deutschen Verlag, der es in Lizenz in der Bundesrepublik vertrieb. Er fand ihn in dem Verlag Eugen Diederichs, Düsseldorf.

Der Vodden-Mann

Thelens »adoptives Vaterland«[23] nennt Pierre H. Dubois die Niederlande. Nicht nur die Tatsache, daß die Werke Teixeira de Pascoaes' dort einen besseren Anklang fanden als in den deutschsprachigen Ländern, nahm Thelen für die Niederlande ein. Er selbst meinte auch, daß *der holländer an und für sich geistig aufgeschlossener ist und kulturell höher steht als der deutsche oder menschen des deutschen sprachgebiets*[24], wie er in einem Brief an seinen Bruder Joseph im Juli 1939 erklärte.
Als ein Adoptivverhältnis könnte man auch seine Beziehung zur niederländischen Literatur bezeichnen. Zu allen Zeiten hatte diese als eine der sogenannten kleinen Literaturen sowohl inhaltlich als auch formal einen großen Reichtum aufzuweisen – auch wenn viele Autoren und Werke nicht über die Grenzen hinaus, noch nicht einmal im Nachbarland Deutschland, bekannt geworden sind.
Einige Charakteristika der niederländischen realistischen Literatur nach dem Zweiten Weltkrieg finden sich in Ansätzen auch in Thelens poetologischem Konzept: etwa die Tendenz zur Entfiktionalisierung, die die Grenzen zwischen Fiktion und Biographie verschwimmen läßt, eine starke Hinwendung zum erzählenden respektive schreibenden Ich und das Bekenntnis zur Subjektivität. Geschichte wird häufig als subjektiv erlebt dargestellt, der Autor selbst und sein persönliches Schicksal stehen im Mit-

telpunkt eines Romans oder einer Erzählung. Die Wirklichkeit wird nicht aus der objektiven Sicht eines Chronisten beschrieben, sondern in einzelnen, auf persönlichen Erfahrungen und Erinnerungen beruhenden Episoden und Anekdoten. Vermittelt werden diese Inhalte in einem empathischen Schreibgestus, der nostalgisch ist, ohne larmoyant oder sentimental zu sein. Zu erinnern ist in diesem Zusammenhang unter anderen an Autoren wie Maarten 't Hart, Jakob Maarten Biesheuvel, Willem van Toorn oder Nicolaas Matsier. Das Ich gerät in den Romanen dieser Autoren so stark in den Vordergrund, daß den Leserinnen und Lesern die Wirklichkeit in kleinen Schritten Stück für Stück ausschließlich aus dem Blickwinkel des Autors präsentiert wird. Oder, wie Thelen auch in diesem Fall zu Recht sagen würde, *in Zweifelsfällen entscheidet die Wahrheit.* Und das ist die, die vom Autor erzählt wird.

Die Tatsache, daß Albert Vigoleis Thelens monumentales Erinnerungsœuvre *Die Insel des zweiten Gesichts*, obwohl auf deutsch verfaßt, zunächst nicht in einem deutschen, sondern in einem niederländischen Verlag herausgekommen ist, erscheint vor diesem Hintergrund wie eine in sich stimmige Fügung. Denn während sich das Werk mühelos ins Spektrum der niederländischen Nachkriegsliteratur einfügen läßt, lag es quer zu allen Trends und Tendenzen der bundesdeutschen Nachkriegsliteratur. Unter dem Einfluß der zu Beginn der 1950er Jahre immer wirkungsmächtiger werdenden Gruppe 47 wandte man sich in Deutschland von einer ausschließlich auf persönlichem Erleben beruhenden Literatur ab, die als Kahlschlag-, Trümmer- oder Erinnerungsliteratur diskreditiert wurde. Statt dessen setzte man sich für eine thematische wie formale Erneuerung der Literatur ein. Vergangenheitsbewältigung und existentielle Sinnsuche waren als Romanthemen obsolet geworden. Man plädierte für eine

Avantgarde-Literatur, ohne zu definieren, was darunter im einzelnen zu verstehen ist.

Noch aus einem anderen Grund paßte Albert Vigoleis Thelen in die Stadt Amsterdam. Sie war und ist eine Stadt des Trödels und der Trödelmärkte, der *vodden*, wie sie genannt werden. Es war sicher kein Zufall, daß Thelen im *Merian*-Heft von 1959 über Amsterdam einen Text über den großen *Grempelmarkt*, den Waterlooplein, schrieb. War er doch selbst ein *Vodden*-Mann, wenn man an seinen Arbeitsplatz denkt, auf dem sich botanische und zoologische Fundstücke, ein ausgestopfter Eichelhäher und eine Natter in Alkohol, neben alten Geräten, ausgedienten Uhren, Phantasie- und Unsinnsmaschinen häuften. Sein Bericht *Lobsame Handelsbalz* ist eine Huldigung an Amsterdam, an seine Grachten und Kanäle, seine Vodden und Altwarenhändler. Es scheint selbstverständlich, daß dem Worte- und Antiquitätensammler und phantasiebegabten Wiederverwerter diese Stadt gefiel. Würde er beruflich umsatteln, schrieb Thelen in dem *Merian*-Artikel, dann ginge er in die Lehre *beim ersten Lumpenbas von Amsterdam, der an mir einen anstelligen Gehilfen hätte, mit einem ungetrübten Blick für die Anreicherung des Daseins durch Wiedergeburt.* Und vielleicht, so resümiert er weiter, würde er sich dann von den Bergen an Gerümpel zu einer Geschichte der Stadt inspirieren lassen. *Aus spärlichen Grabfunden, dem Mageninhalt einer Moorleiche, der versteinerten Losung von Urzeitmenschen hat man schon ganze Zivilisationsstufen erschlossen; doch die Geschichte einer heutigen Stadt aus dem Trödel heraus zu schreiben, dieser Versuch ist meines Erachtens noch nicht unternommen worden.*[25] Keiner hätte diese Aufgabe wohl besser zu lösen vermocht als Albert Vigoleis Thelen während seiner sieben Amsterdamer Jahre.

Albert Vigoleis Thelen vor der Casa Rocca Vispa in Ascona, um 1960

Stille Tage im Murpfli
Thelen in der Schweiz

Die längste Zeit ihres gemeinsamen Lebens, insgesamt 32 Jahre, verbrachten Albert Vigoleis und Beatrice Thelen in der Schweiz, in dem Land, das ihnen 1947 den Aufenthalt verweigerte, weil sie kein Bankkonto aufzuweisen hatten. Ein Einreisevisum, das Thelen in Portugal für die Schweiz zu erwirken versuchte, wäre an die Rückreise nach Portugal gebunden gewesen. Deshalb ging er mit seiner Frau zunächst nach Amsterdam.

Hier erreichte Thelen im Sommer 1949 der Brief eines Dr. Bircher, der von der Bewunderung mystischen Gedankenguts zeugte und Thelen auf das Werk des Schweizer Dichters Albert Talhoff aufmerksam machte. Sein Absender war der Zürcher Internist und Kurarzt Dr. Max Edwin Bircher, ein Sohn von Maximilian Oskar Bircher-Benner, dem Erfinder des Bircher-Müesli. Max Bircher leitete als Facharzt für innere Krankheiten ein kleines Sanatorium, das »Murpfli«, in Oberwil bei Zug, in dem gutbetuchten Patienten mittels vegetarischer Ernährung, therapeutischer Gespräche und religiöser Erbauung zu einem neuen inneren Gleichgewicht verholfen werden sollte. Bircher gehörte zu einem Kreis um den Dichter und Mystiker Albert Talhoff, den 1890 in Solothurn geborenen Theaterregisseur und Schriftsteller, der seinerseits ein glühender Verehrer Teixeira de Pascoaes' war, wie sein 1949 im Rascher Verlag erschienener Roman *Des Bruders brüderlicher Gang* verdeutlicht.

Wenn es sich um das Werk Teixeira de Pascoaes' handelte, war Thelen sofort aufgeschlossen. Wer immer sich von dem portugiesischen Mystiker in ähnlicher Weise wie er angesprochen fühlte, war Thelen willkommen. Das hatte sich im Verhältnis zu Hendrik Marsman gezeigt, und es zeigte sich nun auch in seiner Beziehung zu Talhoff und Bircher. Zwischen Bircher und Thelen entspann sich eine kurze, zunächst euphorische Freundschaft, die aber schließlich in einem Eklat endete.

Thelen, zunächst erfreut über die vermeintliche Geistesverwandtschaft, ging auf den hohen Ton des Briefes ein und ließ Bircher wissen, wie sehr ihn seine Worte berührt hätten als erneuter Beweis, *dass es hier und da in der Welt noch Menschen gibt, die für das Dichterische schlechthin offen stehen: die durch die Verirrungen der Zeit hindurch unangetastet bleiben für das Ewige, wie es zuweilen durch den Mund eines gebenedeiten Dichters zu uns Irdischen gelangt. Und dass Ihre Botschaft von einem Kreis um einen Dichter ausgeht, das verleiht ihr die höhere Weihe und den reineren Klang.*[1]

Erste Mißklänge stellten sich aber schon bald ein. Bircher, der für Februar 1950 die Gründung einer Zeitschrift mit dem Titel *Die Quelle. Vierteljahresschrift für Heilungssuchende* plante, bat Thelen um einen Beitrag für die erste Nummer. Thelen schickte ihm die Übersetzung eines Gedichts von Teixeira de Pascoaes, dessen Wirkung auf Bircher ihn erstaunte und verärgerte. Denn Bircher bat um etwas Verständlicheres, fand Pascoaes' Elaborate in Thelens Übertragung zu schwer verständlich. Ziel müsse es doch sein, »Wesentliches in einer möglichst einfachen und klaren Form auszusagen«[2]. Eine von Bircher übersetzte Version des Pascoaesschen Gedichts *Wünschelgang* sollte als Beweis für seine These dienen. In der Übersetzung von Thelen hatte das Gedicht begonnen: *Es ist die Träne, die sieht, / und nicht das Auge, / denn das Auge ist Wasser, / das aus dem Quell entspringt.*[3] In Birchers Umarbeitung veränderte sich sogar der Sinngehalt der Verse: »Es ist die

Träne nicht, / die dein Auge verschleiert. / Nicht ist die Träne ein Wasser, / das einer Quelle entspringt.«

Thelen, der nicht gerade erbaut war über solch vorwitzige Besserwisserei, antwortete zunächst nicht. Aber Bircher nahm den Kontakt kurze Zeit später wieder auf und versuchte, Thelen für eine Kur in seinem Sanatorium zu gewinnen. War es Neugierde oder die Hoffnung auf Besserung seiner nach der Abreise aus Portugal häufig melancholisch vergrübelten Gemütslage – Thelen ließ sich im Frühjahr 1950 auf das Angebot ein. Nach einem kurzen Aufenthalt bei Talhoff in Engelberg begab er sich in Birchers Klinik nach Oberwil. *der übergang vollzog sich schonungslos, man war in wenigen stunden mitten im rohgemüse*. Schon auf der Fahrt im Auto machte ihn *der doktor* mit der *besetzung* der *tafelrunde* bekannt, *sie sei ein wenig gemischt, und vorsicht bei den tischgesprächen sei geboten*. Zu ihr gehörten: *eine ältere dame aus basel, eingeschworene kommunistin, deshalb, lieber thelen, keine diskussionen über politik. eine jüngere aus rapperstwiel, gelernte theologin und amtierende kanzeljungfrau, mit fräulein pfarrer anzusprechen, und also bitte keine gespräche über gott und was der alles auf dem gewissen hat … ein kaufmann aus genf, sehr zweifelhaften alters, reich, ungezogen am tisch … zwei damen aus ägypten, sehr frivol, laut bircher, bis an die grenze dessen, was im murpfli eben noch anginge …* Thelen fiel mit seinem zwischen Ernst und pikaresker Drolerie changierenden Gesprächsstil in dieser eher sinistren, den hohen Ton pflegenden Runde aus dem Rahmen, *meine kleinen vigoleisiaden wirkten wie apfelsinenschalen, daß es nur so glitschte*[4]. Trotzdem versuchte Bircher, es Thelen so angenehm wie möglich zu machen und seine Sympathie zu gewinnen. Als Thelen sich einmal über die ausschließlich vegetarischen Mahlzeiten beschwerte, wurde ihm prompt

Leberwurst serviert, *die ich aber, essender weise, doch nicht so liebe, denn ich bin dagegen irgendwie allergisch*[5]. Daß Thelen seinen Aufenthalt im Murpfli vorzeitig beendete, empfand Bircher als persönliche Niederlage. Er verwies auf die Besonderheiten des Hauses, auf seine Autorität als Arzt und das Verhältnis Arzt–Patient mit den daraus resultierenden Verpflichtungen und warf Thelen vor, davongelaufen zu sein, obwohl er doch gekommen sei, um mit ihm über sein *zerrüttetes Gemüt*[6] zu sprechen. Thelen waren anscheinend schon nach kurzer Zeit Zweifel an Birchers Fähigkeiten als Therapeut gekommen, die es ihm unmöglich erscheinen ließen, ihm sein Innerstes zu offenbaren. Die in den Monaten danach sporadisch ausgetauschten Briefe lassen erkennen, daß Bircher Thelen in geistiger Hinsicht nicht gewachsen war. Birchers Vorwurf schließlich, Thelen habe sich während seines Aufenthalts im Murpfli nicht an die Spielregeln gehalten, bezog sich auch auf die Tatsache, daß Thelen das Vertrauen einer Mitpatientin gewonnen hatte, der Gattin des Schweizer Industriellen Rossi, die an Depressionen litt und Thelen offensichtlich zugetan war. Thelen bekannte Bircher gegenüber unumwunden, daß ihn die Begegnung mit dieser Frau angerührt habe. *Weil sie schön ist? Sie ist nicht schön. Ihrer fraulichen Reize wegen? Sie hat wenige.* Vielmehr habe er in ihr sofort *die Todesnähe, das Morbide, das Ausgeliefertsein an ein vielleicht unentrinnbares Schicksal* gespürt und eine Art von Grausamkeit gegen sich selbst, die ihm aus eigener Erfahrung seit jeher vertraut sei. *Nun muss ich, seit ich mich kenne, jede Stunde meines Daseins dem Tode abringen, ich meine, dem Wunsche, nicht mehr zu sein, ohne dass ich heute noch die Kraft besässe, mich zu vernichten.* Er gibt zu, vor ihr geflohen zu sein, *um in keine Verstrickung zu geraten mit der morbiden Freundin. Oder sie in die meine. Ich lasse es offen, von welcher Seite die Gefahr grösser war.*[7]

Die Begegnung mit Frau Rossi, der Thelen nach seiner Rückkehr nach Amsterdam Pascoaes' *Das dunkle Wort* schickte, scheint Thelen noch eine Weile beschäftigt zu haben; er fragte sich, ob es richtig war, sich überhaupt auf die intensiven Gespräche mit ihr eingelassen zu haben, fürchtete gar, Unheil ausgelöst zu haben. Birchers Einwände, die Thelen fast dankbar annahm, lassen ein Frauenbild zutage treten, das in seinem Anachronismus ins 19. Jahrhundert zurückweist. Im Brief Thelens vom 6. August 1950 heißt es: *Aber, als Sie mir sagten, Frau R. sei der Hetäre näher als der Jungfrau Maria, und sie ginge am liebsten jede Woche mit einem anderen Mann ab, da war ich doch sehr beruhigt. Denn dann konnte ja meine kleine Einstrahlung als männlicher Mensch und sehr wenig als Mann nicht von nachteiliger Wirkung sein. Auch hatte ich sofort gemerkt, dass sie in Sie verliebt war oder ist. Bei allem aber, lieber Bircher, habe ich nur daran gedacht, sie dem Manne und dem Kinde zurückzuführen. Und das ohne jede Heilsarmeeattitude!* Zeitgemäßer mutet da schon sein bescheidenes Plädoyer für die Ehe an, mit einem Vigoleisschen Schlenker zum Schluß: *... die vollkommene Ehrlichkeit zwischen Mann und Frau und das Wachsen der Kameradschaft nach Massgabe der Liebe, die ja keine Heringsware ist, die man einpökeln kann ...*

Gleichzeitig betont Thelen noch einmal die angenehme Wirkung, die die ruhige Atmosphäre im Murpfli auf ihn gehabt habe. *Sicher ist, dass ich im Murpfli Dinge bestanden habe, die mich stärker als sonst mit der Schattenseite meines Ichs verbunden haben, und doch: ich war glücklich. Nennen Sie es das Glück des Todsuchers, der mit äusserstem Raffinement das Leben kostet, das des Schwermütigen, der sich in seiner Beschwingung, wie oft*

nicht, leichter fühlt als alle dem Leben auch innerlich heiter Zugetanen.[8]
Thelen wurde durch seinen kurzen Aufenthalt im Murpfli und die sich daran anschließende briefliche Auseinandersetzung mit Bircher einmal mehr in seiner Abneigung gegen jede Form von psychotherapeutischer und psychoanalytischer Behandlung bestätigt. Obwohl er nie einen Hehl daraus machte, unter seinem Gemütszustand zu leiden, den er mal melancholisch, mal verzweifelt, gelegentlich auch zerrüttet nannte, mied er Psychologen. *Da sind schlimme Urerfahrungen im Spiel und angeborene seelische Eigenschaften. Ich glaube an diese Form der Überlieferung, wie ich an die Praedestination durch mein prognatisches Kinn glaube, um ein triviales Beispiel zu nennen.*[9] Er war der Überzeugung, daß das Leiden an der Welt mit der schöpferischen Kreativität des Künstlers gekoppelt, daß eins ohne das andere nicht möglich sei. Auch in dieser Hinsicht verteidigte er die Individualität, die Einzigartigkeit des Menschen gegen Normalität und wissenschaftliche Reglementierung, hinter der er einen Allmachtsanspruch der Wissenschaft witterte. Der Dichter plädierte gegenüber dem Arzt dafür, alles so zu lassen, wie es war, und keine fremden Eingriffe vorzunehmen. Wenn er selbst Arzt wäre, würde er, wenn es sein müßte, um einen einzigen Mensch zu retten, *den Tod von tausenden aufs Spiel setzen*[10].
Gut zwei Jahre später wandte sich Bircher erneut an Thelen, mit der Bitte, sein kurz vor dem Abschluß stehendes Buch zu lektorieren – ein religiöses Werk, in dem sich Bircher mit existentiellen Fragen auseinandersetzt, wobei er sich, laut Thelens Urteil, nicht entscheiden konnte, ob es ein wissenschaftliches oder populäres Buch werden sollte. Dennoch ließ Thelen sich, wenn auch unwillig, darauf ein.

ich bin schon ganz ramdösig von der müesliarbeit, aber der bircher läßt nicht locker, und ich habe ihm nun mal mein wort gegeben, den text zu überarbeiten[11], schrieb Thelen am 10. September 1954 an Toni Schüler, eine langjährige Freundin aus der Kölner Zeit. *Schuster bleib bei deinen Leisten*, soll er, was Birchers schriftstellerisches Elaborat anging, dem befreundeten Ehepaar Jud gegenüber geäußert haben. So jedenfalls kam es Bircher zu Ohren, der sich beschwerte: »Habe ich das verdient?« Thelen rechtfertigte sich: *An meinen Gefühlen für Sie ändert das alles nichts, und ich meine sagen zu dürfen, daß unsere Freundschaft auf einer Gegensätzlichkeit beruht, die den gemeinsamen Nenner in einer Lebensunmündigkeit hat, über die man immer wieder straucht; und dann gibt es Schrammen oder auch, was ich ärger finde, eine Fünf ins Hosenbein.*[12] Schließlich schickte er Bircher das Manuskript zurück, ohne es fertig redigiert zu haben.

Einhüter und Türsteher seiner Selbst

Die Freundschaft mit dem Ehepaar Barbara und Peter Jud, die in Locarno eine Internationale Buchhandlung unterhielten, ging in die Zeit in Auressio zurück, als Thelen und seine Frau auf die Papiere für Portugal warteten. Die Juds stellten dann während der portugiesischen Jahre die wichtigste Brücke in den Norden dar. Viele Bücherwünsche wurden ihnen gegenüber geäußert und, soweit möglich, erfüllt.

Die Juds waren auch mit Karl Otten befreundet, den Thelen aus der Zeit auf Mallorca kannte. Der 1889 geborene expressionistische Schriftsteller, der schon während des Ersten Weltkriegs pazifistische Texte publizierte und seit Beginn der dreißiger Jahre gegen den Nationalsozialismus kämpfte, lebte von 1933 bis 1936 in Cala Rajada auf Mallorca. 1936 wurde er offiziell aus Deutschland ausgebürgert und hielt sich fortan in London und Locarno auf. 1958 zog er mit seiner zweiten Frau Ellen ins Tessin. Dort trafen sie sich wieder.

Die Thelens waren 1954 nach Ascona gezogen, als sich die Möglichkeit bot, das Anwesen der wohlhabenden Mexikanerin Elita Lüttmann, die Casa Rocca Vispa, zu betreuen, wo sie bis 1960 wohnten. Nach dem Verkauf des Hauses wechselten sie in das kleinere Haus La Colline in Blonay, das ebenfalls Elita Lüttmann gehörte. Nach deren Tod im Jahr 1973 mieteten sie eine Dreizimmerwohnung in einem Neubau in Vennes, einem Vorort von Lausanne, am Genfer See. Dort lebten sie mitsamt der Hinterlassenschaft der Mexikanerin bis 1986.

Die schwierige wirtschaftliche Lage, die sich trotz des anfänglichen Erfolgs der *Insel des zweiten Gesichts* nicht nachhaltig besserte, hatte zur Folge, daß das Ehepaar Thelen lebenslang mal mehr, mal weniger auf die Großzügigkeit spendabler Freunde angewiesen war. Rilke nicht unähnlich, lebten sie die meiste Zeit in *geborgten* Häusern, im Schloß Pascoaes, in der Casa Rocca Vispa und in La Colline. Sie wußten die gehobene Lebensart zu schätzen, verfügten über das *Savoir-vivre*, nicht aber über die pekuniären Mittel, sich ihre Wünsche erfüllen und entsprechend im Leben einrichten zu können. *wir haben große übung im dasein als verschämte arme*[13], schrieb Thelen 1953 an Barbara und Peter Jud.

Die Casa Rocca Vispa, zu deutsch »Haus des belebten, lebendigen Felsens«, eine von dem Worpsweder Architekten Carl Weidemeyer erbaute Luxusvilla, war *ein Palast, der Geliebten des Papstes würdig. Vom Schlafzimmer bis zur Küche waren es hundertfünfzig Schritte.*[14] Als *Entgelt für das königliche Obdach* betätigte sich Thelen als *Einhüter, Felsvogt* und *Türsteher meiner Selbst*[15]. Er mußte *Einbrecher verbellen, Motten vertreiben, Zimmer lüften und auch sonst nach dem Rechten sehen*[16]. In Ascona ging das Gerücht um, der Schriftsteller Thelen habe mit dem Geld eines einzigen Buches am Monte Verità ein eigenes Grundstück erworben, *während ich oben meines Amtes waltete als Hüter und Pfleger des Palastes, freilich ohne Steckuhr, ohne die Mütze der Wach- und Schließgesellschaft und leider auch ohne Hund*[17]. Der Dichter selbst sei selten da; aber der Concierge könne über ihn Auskunft geben, hieß es.

Dem mit einem Gesellen erschienenen Klempner, der die sanitären Anlagen reparieren sollte, ging Thelen so gut zur Hand, daß dieser am zweiten Tag ohne seinen Gehilfen erschien. Er hatte in dem ihm unbekannten Hauswart einen mindestens ebensoguten Handlanger gefunden. *Schnell waren wir aufeinander eingespielt, nie mehr sah mich der Mann anders als in der grünen Gärtnerschürze oder im blauen Overall. Wir standen auf gleichem Fuß, und ich erkannte, daß die Ambacht einen goldeneren Boden hat als die Schriftstellerei.*[18] Als der Klempner ein paar Tage später durch einem Illustriertenartikel herausfand, mit wem er es zu tun hatte, brachte er wieder seinen Gesellen mit. *Er lächelte verlegen, begrüßte mich förmlich, und ich wurde nun auch sehr verlegen. Dann gingen die Klempner an die Arbeit, und ich ging wie geschlagen ans Manuskript. Der Handwerker hatte mich an meinen Platz verwiesen …*[19] Thelen, der zu dieser Zeit an seinem Roman *Der schwarze Herr Bahßetup* schrieb, nahm sich vor, dem Klempner das Buch, wenn es erschienen war, zu schenken und ihm folgendes zu sagen: *»Lies es, und du wirst erkennen, daß du weiterhin meine Gesellendienste annehmen darfst, ohne mich in meinem Stande zu kränken!« Denn der Stand des Schriftstellers ist ja überhaupt keiner, er ist nur ein Zustand.*[20]

Während der Zeit in der Casa Rocca Vispa ereigneten sich

etliche solcher *abtriftiger Geschichten*, wie Thelen sie nannte. Sie sind unter dem Titel *Der magische Rand* gesammelt und kurz nach seinem Tod, noch von ihm autorisiert, 1989 veröffentlicht worden. Viel ist in ihnen vom Hausmeister in seinem *Schlomm*, der Dienerschürze, die Rede, der mit dem Herrn des Hauses identisch war. Da das aber nicht ins Bild der Besucher oder neugierigen Kulturtouristen paßte, kam es zu immer neuen Pointen und komischen Begegnungen. Schließlich gehörte Thelen nach dem Erscheinen der *Insel* für kurze Zeit zu den prominenten und vermeintlich besser situierten Deutschen, die es sich leisten konnten, im Tessin zu leben. Endlich konnte er es sich auch erlauben, seiner Frau den ersehnten Bösendorfer zu kaufen, *aus der zweiten hand eines wiener musikers... das ding kostet 1800 sfr., 10 fr. pro cm. einen tag habe ich gebraucht, ihn auseinanderzunehmen, zu putzen, kleinere reparaturen vorzunehmen und aufzupolieren. nun blinkt und klingt er wie nur je zu zeiten des alten bösendorfer selbst.*[21]

Wenn es darum ging, sich vom Schreiben abhalten zu lassen, war Thelen fast jedes Mittel recht. Am Schreiben hinderten ihn nicht nur seine Verpflichtungen als Concierge und Gärtner, sondern auch sein unstillbarer Hang zum Basteln und Tüfteln. Er war keineswegs, was man einen disziplinierten Autor nennt, der regelmäßig eine bestimmte Zeit des Tages an seinem entstehenden Werk arbeitet. Vielmehr war er als Schriftsteller genauso spontan und launisch, intuitiv und sprunghaft wie im Leben und nahm manche Gelegenheit der Ablenkung gern wahr. Dazu gehörte auch das Werkeln an Uhren und alten Gerätschaften und das Herstellen von Unsinnsmaschinen, von denen sein Schreibtisch umstellt war: Ausdruck eines reinen, zweckfreien Spieltriebs, wie er Kindern eigen ist. Sein Arbeitszimmer stellte eine *mischung* dar *zwischen süchtelner schießbude, alchemistenlaboratorium und verspielter bücherwurmstube*[22] und diente ihm als *Arbeits-Museum* und zusätzliche Inspirationsquelle. *Ich lebe ja ganz aus mir heraus; der Kram um mich herum, das sind Ekzeme, eine dichterische Allergie, wenn Sie so wollen*.[23] Den Mittelpunkt bildete der inzwischen legendäre Zahnarztstuhl, in dem er sich je nach Stimmung hinauf- und hinunterheben konnte und in dem er sich gern fotografieren ließ, weshalb dieser zu einer Art Markenzeichen des Dichters geworden ist. *aber auf dem zahnarzt-stuhl sitze ich nun kackfidel, als wären nie »weltschmerz«-wellen über mich zusammengeschlagen, aus denen heraus man wie ein morscher kork wieder nach oben kommt und zwischen den apfelsinenschalen und ähnlichem hafengerümpel weitertreibt*, schrieb er im Februar 1957 an Karl Otten. *und dann ist alles so umgebastelt, daß ich mich nun selber emportreten kann: welcher dichter ausser den menschheitsdämmerern des pinthus hat das je vermocht? nicht mal der stefan george. vom sitz aus, bitte, und ein druck auf einen knopf: ich sinke.*[24]

Briefe schrieb er gern im emporgehobenen Zustand. Und Briefe kamen seinem schwadronierenden, palavernden Plauderton aufs trefflichste entgegen. Er habe sich in seinen Briefen verschleudert, hat Thelen in späteren Jahren einmal gesagt. Seine Korrespondenz umfaßt nach Beatrices Schätzung fast 600 000 Seiten, zunächst auf einer elektrischen IBM-Maschine mit besonders großen Typen getippt, später wegen der fortschreitenden Sehschwäche aufgrund seiner chronischen Augenkrankheit in großen, ungelenk wirkenden Lettern mit der Hand auf dünnem Luftpostpapier geschrieben. Es hat einen außerordentlichen Stellenwert im Gesamtwerk des Dichters und gehört ebenso zu seinem Œuvre wie die beiden Prosawerke *Die Insel des zweiten Gesichts* und *Der schwarze Herr Bahße-*

tup und die vielen Gedichte, zumal auch die Briefe bis zum *magischen Rand* gefüllt sind mit unglaublichen, witzigen, bizarren Erlebnissen.

Briefe an einen schwäbischen Pelzveredeler

Thelen war trotz aller Skepsis und Zweifel an sich und den Menschen im Grunde seines Herzens ein gutgläubiger, manchmal fast naiver Menschenfreund. Und so ließ er sich auf jede an ihn herangetragene Bitte oder Frage, vor allem wenn es um sein Werk ging oder gar um das von Teixeira de Pascoaes, wie im Fall von Bircher, intuitiv und vorurteilslos ein. In seinem Mitteilungsbedürfnis und seiner Lust am Fabulieren machte er keinen Unterschied, ob es sich bei den Adressaten seiner Briefe um seine Mutter, andere Familienmitglieder, enge Freunde, entferntere Bekannte oder Verleger handelte. Die Resonanz hingegen fiel unterschiedlich aus. Besonders groß war die Faszination für seine Fabulierkünste bei Briefpartnern, die selbst einen eher kargen Stil pflegten, wie im Fall des schwäbischen Pelzhändlers und Fellverarbeiters Richard Franke aus Murrhardt in der Nähe von Stuttgart, Mitbegründer und Mitinhaber der Firma Ofra, einer Pelzveredlungsfirma. Mit Bravour stürzte sich Thelen denn auch auf die hausinterne Zeitschrift, die *Pelzmotte*, die für ihn sowohl eine Inspirationsquelle für Wortspielereien als auch eine neue Veröffentlichungsmöglichkeit war, deren es in jenen Schweizer Jahren nicht viele gab.
Franke, ein gebildeter Mann und, nach Aussage seines Sohnes Christian Franke, passionierter Zeitungsleser, wandte sich das erste Mal an Thelen, als dieser 1954, ein Jahr nach Erscheinen der *Insel*, den Fontane-Preis erhielt. Die eigentliche Korrespondenz beginnt Ende der 1960er Jahre mit der Frage nach weiteren Werken des »viel beschäftigten Dichters«. Thelen reagierte prompt

und freundlich. ... *ich bin alles andere als ein im Dichterischen vielbeschäftigter Dichter*[25], gestand er und beantwortete die Frage, ob er ein »*moderner Mensch*« sei, mit einer ebenso knappen wie präzisen Auflistung zu seiner Person: Er sei Träger von Hosenträgern, habe nie geraucht, trinke lieber Roten als Weißen, nie Bier, und habe nichts gegen *Unzucht* einzuwenden, *ich meine die öffentliche vollzogene, sofern die Beteiligten nicht nachher zum Klauen herumziehen*. Was Glaubensfragen angehe, so berichtete er dem *verehrten Pelzveredeler und Stifter wilder Felle*, habe ihn die Frage, ob die Gottesmutter einen Orgasmus hatte, als sie der heilige Geist überkam, bereits beschäftigt, *bevor Marcuse die These überall anschlug, jeder Mensch habe das Recht auf seinen Orgasmus*[26].

Richard Franke, ein nüchterner Geschäftsmann, war eher zurückhaltend in seinen Erwiderungen. Statt dessen schickte er präparierte Felle, wie sie damals in Mode waren, um sie vor den Kamin zu legen, und kümmerte sich um die Ausbesserung von Beatrices Bisammantel. Die *Briefe des Vigoleis an einen Kürschner* – Thelen schlug eine solche Sammlung für die *Pelzmotte* vor – waren, wenn dieser sich nicht gerade über die miserable politische Entwicklung oder die schlechte Behandlung durch Verleger und Lektoren beklagte, höchst unterhaltsam. Zum Beispiel, wenn es um die beiden Hunde ging, die seit Anfang der 1970er Jahre zum Thelenschen Haushalt gehörten: eine Alaska-Malamuth Polarhündin namens Elip-Lolo-Chuck und ein japanischer Akita-Inu-Welpe mit Namen Gama de Micado. Bitter beklagt er sich, daß er die *völlig harmlosen Tiere* in den Zwinger sperren mußte, *wo sie verstimmt – »ürig«, wie man am Niederrhein sagt – herumhocken, weil sie nicht begreifen, daß sie nicht mit der Dame Bekanntschaft machen dürfen*[27]. Oder er beschreibt in lebhaftesten Tönen, mit welcher Lust sie das Paket aufrissen und sich über das Fell, einen *Wolf der 1. Sorte*, hermachten. Auch die umständlichen Erwägungen über eine optimale Fütterung und das empfohlene Material vorschriftsmäßiger Hundefreßnäpfe – Nirosta statt Plastik –, die zwischen dem Thelenschen und dem Frankeschen Haus hin- und hergingen, entbehren ebensowenig einer zum Teil unfreiwilligen Komik wie ein beigefügter Artikel aus dem Magazin *Schweizer Hundesport*, den Franke umgehend beantwortete mit einer Fotokopie des Erlasses des Hessischen Ministers für Landwirtschaft und Forsten über »Haltung und Unterbringung von Hunden im Freien«: »Die Herstellungsart des jeweiligen Materials wurde nicht vorgeschrieben. Von der Industrie werden für diesen Zweck Gefäße aus Ton, Aluminium und Nirostastahl angeboten, die alle die Eigenschaft haben, nicht zu rosten.« Christian Franke führte nach dem Tod des Vaters, 1976, die Korrespondenz noch einige Jahre weiter und lernte Thelen und Beatrice auch persönlich kennen. Er erinnert sich, wie Thelens Briefe und Gedichte zum Vergnügen aller Familienmitglieder abends in gemütlicher Runde bei einem Glas Rotwein von seinem Vater vorgelesen wurden. 1979 schickte Thelen folgendes Gedicht:

Dohle Floh und Dichter

Floht sich meine alte Dohle,
die in jungen Tagen ich gezähmt,
bin ich fast beschämt,
daß nicht ich ihr ihre Flöhe hole.

Mit den Flöhen ist das nämlich so ein Ding, –
man wird derselben sehr bald überdrüssig,
und als ich einmal einen solchen fing,
erschien mir das zuerst recht überflüssig.

Doch dann gewann ich dieses Tierchen lieb,
weshalb ich gleich begann, es abzurichten –
und siehe, auf den ersten Hieb
fing nun der Floh an, selbst zu dichten,

wo er doch tanzen sollte auf dem Seil!
So gab ich ihn der alten Dohle,
im Bangen um mein eigen Dichterheil –
und weiter floht der Vogel mir zum Wohle.

Trotz der vielen Jahre, die Thelen und Beatrice in der Schweiz verbrachten, gibt es wenig Belege dafür, daß das Land Thelen in irgendeiner Weise geprägt oder besonders zugesagt hätte. Es war wohl mehr, wie für viele andere ehemalige Emigranten, ein sicherer Hort und eine Alternative zu einem Leben in der Bundesrepublik. Zumal die Schweiz nach dem Ende des Zweiten Weltkriegs ihre Neutralität hochhielt und versuchte, den Eindruck zu erwecken, als habe das Land während der zwölfjährigen Naziherrschaft in eindeutiger Opposition zu seinem Nachbarland gestanden. Daß dem nicht so war, hatten die Thelens schon während ihres Aufenthalts in der Schweiz, im Bruderholz und in Auressio, zwischen 1936 und 1939, am eigenen Leibe erfahren.

Albert Vigoleis Thelen zwischen seinen beiden Verlegern, Geert van Oorschot (li.) und Peter Diederichs (re.), Amsterdam, 1953

Das bekannte Rindvieh
Thelen und seine Verleger

Wenn von Thelens Verhältnis zu seinen Verlegern die Rede ist, tritt eine wenig erquickliche, für manch einen, der diesbezüglich mit ihm zu tun hatte, recht verletzende und kränkende Seite des Dichters zutage. Seine Skepsis und sein Mißtrauen gegenüber denen, sie sich edierend oder lektorierend, rezensierend oder organisierend mit der Literatur befassen, wurde regelrecht zur Manie. In der *Insel* vergleicht er sein Verhältnis zu seinen Verlegern einmal mit dem des Don Quijote zu den Windmühlen. Thelen befand sich in einem ständigen Kampf mit fast allen seinen Verlegern. Die Ursachen dafür lagen nicht nur in seiner Empfindlichkeit, Launenhaftigkeit und Ungeduld, sondern auch in seinem Desinteresse an allen geschäftlichen und finanziellen Angelegenheiten, mit denen er nichts zu tun haben wollte und die er am liebsten Beatrice überließ. Die Geldfrage nannte er eine *schäbige Frage*[1] und ignorierte beharrlich den Warencharakter von Büchern und die Tatsache, daß mit ihnen Geschäfte gemacht werden. Statt dessen kultivierte er seine Unerfahrenheit und Unwissenheit auf diesem Gebiet, was zu immer neuen Enttäuschungen und Verbitterungen führte, die ihm wiederum als Beweis für seine *Untüchte* dienten. Er stilisierte sich zum Versager in den praktischen Dingen des Lebens, der den »Machern« nicht gewachsen sei und demzufolge immer den kürzeren ziehe. Ständig fühlte er sich belogen, betrogen und hintergangen. Die Folge war, daß er es im Laufe seines Schriftstellerlebens mit einer ganzen Reihe von Verlegern zu tun hatte. Denn kaum hatte ihn einer enttäuscht, dann ließ er sich mit um so größeren, wenn auch immer recht konfusen Hoffnungen auf den nächsten ein, um auch von ihm enttäuscht zu werden – ein weiterer Beweis seines ambivalenten Wesens. Das Mißtrauen war gewissermaßen die Kehrseite seiner genuinen Menschenliebe und eines kindlichen Urvertrauens an das Gute im Menschen.

In seiner Enttäuschung und Wut ging er dann so weit, im Verleger den *natürlichen Feind der Literatur*[2] zu sehen, der nur am Geschäft, nicht aber am Text und am Autor interessiert sei. Schriftsteller, die sich auf das Spiel einließen und infolgedessen einen gewissen Bekanntheitsgrad erreicht hatten, waren ihm suspekt, *weil sie mit Eros und feiler Schweinsigelei als schnurrige Literaturkapaune oder gräßliche Marktpoularden obsiegen auf den Schrannen des Büchermarktes*[3]. Bis ins hohe Alter lamentierte er: *Der Stand des Autors ist überhaupt keiner. Dem unbekannten Soldaten setzt man viele Denkmäler, dem bekannten Rindvieh nicht. Ich bin das Rindvieh der Verleger.*[4]

Ich trete aus einer Anonymität heraus

Erste frustrierende Erfahrungen machte Thelen bei seinen Bemühungen um die Veröffentlichung der deutschen Übersetzungen der Werke von Teixeira de Pascoaes. Besonders verärgerte ihn das unentschlossene Verhalten des Schweizer Verlegers Max Rascher. Dieser hatte zwar 1938 den *Paulus* herausgebracht, konnte sich aber weder für noch gegen den *Hieronymus* entscheiden, weshalb der Band erst 1941 in Koloman Kollárs Tiefland-Verlag erschien, ganz zu schweigen vom *Napoleon*, der erst fünfzig Jahre später herauskam.

Noch viel verworrener und konfliktreicher ist die für alle Beteiligten höchst unerfreuliche Editionsgeschichte seines *Schmökers* oder *Schmäuchers*, wie Thelen *Die Insel des zweiten Gesichts* nannte. In einer Mischung aus Bewunderung und Dankbarkeit war er dem niederländischen Verleger Geert van Oorschot zugetan, man kann schon sagen, ausgeliefert. Van Oorschot, ein witziger, zu derben Späßen neigender, sinnenfroher Mann, war, was Geschäfte anging, ein schlauer Fuchs mit einem guten Maß an Risikobereitschaft. *hoffentlich kracht der betrieb des verlegers nicht noch vor dem erscheinen zusammen. er hat kein kapital und arbeitet nur mit laufenden bankkrediten. er ist ein toller kerl, aus einem ganz kleinen hause*[5], schrieb Thelen nach den ersten Kontakten mit ihm im März 1952 an Barbara und Peter Jud. Van Oorschots Plan, in Amsterdam einen Roman auf deutsch herauszubringen, von dem er in den Niederlanden nicht mehr als 500 Exemplare würde absetzen können, war ein wirtschaftliches Risiko, das ihm Thelen hoch anrechnete. So gab dieser sich zunächst mit einem Vorschuß von 500 Fl. zufrieden, obwohl sich seine Unkosten laut eigenen Aussagen auf insgesamt 700 Fl. beliefen, 600 Fl. für das Abtippen des Manuskripts und 100 Fl. für Papier.

Erstmals zog Van Oorschot Thelens Unmut im Sommer 1953 auf sich, als er den Autor, der noch an dem Manuskript arbeitete, um Vorschläge für einen griffigen Werbeslogan bat. Unmißverständlich ließ Thelen ihn wissen, daß er mit der Vermarktung seines Buches nichts zu tun haben wollte. *Mit der »Insel des zweiten Gesichts« trete ich aus einer lange und ängstlich, ja krankhaft gehüteten Anonymität heraus. Muß ich mich nun auch noch auf den Markt stellen, um Ihnen die Literatur verkaufen zu helfen, die Sie mir zu entlocken verstanden haben?* fragte er erbost und fuhr fort: *Ich bin ein schlechter Handelsmann. Der Bafelplätze meines Lebens sind viele; in der »Insel« haben Sie ihnen nachgehen können, in einer Springprozession, die, immer drei Schritte vor und einen zurück, Ihnen vielleicht Vergnügen bereitet hat, was ich von mir nicht sagen kann, noch was das Erleben, noch was das Nacherzählen betrifft.*[6]

Die nächste Klippe war die Suche nach einem deutschen Lizenzverlag. Der Verleger Joseph Caspar Witsch von Kiepenheuer & Witsch, Köln, der im Januar 1953 nach Amsterdam kam, war zunächst sehr angetan von dem Text. Thelen aber sah voraus, daß sich dessen Meinung ändern würde, sobald er das Kapitel über das Jahr 1933 gelesen hätte. Und so war es. Offiziell verlautete von seiten des Verlages, das Buch sei *zu mächtig* und man glaube nicht, daß spanische Abenteuer dieser Art in Deutschland interessierten, abgesehen davon, daß man Deutschland nicht so attackieren könne, wie es dieser unbekannte Mann tue. In Wirklichkeit, meint Thelen in einem Brief an Barbara und Peter Jud, sei die *anti-nationalistische mentalität* der Grund gewesen.[7]

Wechselbalg im Zwinger des Löwen

Während Witsch sich aus dem Projekt zurückzog, zeigte Peter Diederichs Interesse. Niels und Peter Diederichs hatten mit Wolf von Niebelschütz bereits einen anderen Außenseiter der zeitgenössischen deutschen Literatur im Verlagsprogramm. Das erste Treffen zwischen Thelen, Van Oorschot und Peter Diederichs fand im Frühjahr 1953 in Amsterdam statt. Nach Thelens Aussage gefielen vor allem der damaligen Frau von Peter Diederichs, Ulla Diederichs, Autor und Buch. *sie, charmante kleine hexe, hätte gerne »sowas« im verlag, und sie wollte immer wieder neue geschichten daraus hören und triezte ihren peter, der sagte: nur rowohlt kann sowas heute bringen, mit: aber muß denn rowohlt immer alles haben?*[8]

Im Herbst 1953 wurde der Lizenzvertrag zwischen den Verlagen G. A. van Oorschot und Eugen Diederichs geschlossen. Auf einem Foto aus dieser Zeit steht ein auffallend heiter und aufgeräumt in die Kamera blickender Albert Vigoleis Thelen zwischen seinen beiden Verlegern, Geert van Oorschot und Peter Diederichs. Während sich Van Oorschot, jovial, siegessicher, die eine Hand in der Hosentasche, in der anderen eine dicke Zigarre, fast herausfordernd Thelen zuwendet, blickt Diederichs, eher zurückhaltend, aber sehr freundlich und fast ein wenig verlegen in die Kamera. Als das Bild entstand, hatte das *Joint-venture*, wie man heute sagen würde, gerade angefangen. Aber der Unterschied der beiden Verlegerpersönlichkeiten und der arglos dreinschauende Thelen als »Weltkind in der Mitten« lassen schon die kommenden Spannungen erahnen.

In ausschweifenden Briefen an Peter Diederichs trieb Thelen fortan sein lustvoll-vergnügliches Spiel mit dem *zu Ihrem gebildeten Löwen in den Zwinger* eingebrochenen *Wechselbalg*[9], wobei Thelen auf das Verlagssignet anspielte: ein friedlich dasitzender Löwe, der kein Wässerchen zu trüben scheint, mit langer Mähne im Halbprofil, der eher einer ägyptischen Sphinx als einem wilden Raubtier gleicht. Im Oktober 1953 erinnerte Thelen den Verleger in durchaus freundschaftlichem Ton an den gemeinsamen Abend im »Schwarzen Ferkel« in Düsseldorf, als *Sie einen schüchternen Trunk ausbrachten auf den frisch gefangenen Autor Ihres Hauses... Und dann, dachten Sie weiter, immer noch das Glas mit dem (ausgezeichneten!) Beaujolais in der leicht schwankenden Hand: wie sag ich's meinem Löwen? Wie bringe ich es ihm bei, daß ich den stolzen Zwinger des Hauses Diederichs um eine so zweifelhafte, durch und durch veriberisierte Menagerieattraktion vermehrt habe, ohne daß dem alten Marzocco-Tier die Dauerwellen zu sehr aus der Brillantine geraten?*[10]

Die erste Auflage der *Insel des zweiten Gesichts*, ein Dünndruckband von 990 Seiten, wurde Anfang November

1953 in der Bundesrepublik ausgeliefert und mit einer für damalige Verhältnisse breit angelegten Werbekampagne noch für das Weihnachtsgeschäft angeboten. Der Band kostete 24 DM, und die 2000 Exemplare der ersten Auflage waren binnen weniger Wochen vergriffen. Von der Kritik wurde das Buch hymnisch gefeiert und mit den großen Werken der Weltliteratur, mit Cervantes, de Coster, Lawrence Sterne und Jean Paul auf eine Stufe gestellt. Dabei lobten die meisten Rezensenten seinen hohen Unterhaltungswert und die sprachliche Virtuosität des Autors. Die hinter der Schelmengeschichte aufblitzende politische Komponente und die Persiflage auf die spießige Enge der Kleinbürgerwelt traten in den meisten Rezensionen bezeichnenderweise in den Hintergrund. Siegfried Lenz, schon damals ein angesehener Autor, nannte Thelen in seiner *Über Nacht berühmt* betitelten Rezension in der *Welt am Sonntag* vom 17. Januar 1954 einen »epischen Zauberer«, der »die feine Koketterie und den schnöden Hochmut des Narren« habe. »Hier gibt es nichts zu rechten, hier gibt es was zu lesen«, schrieb er als Fazit. »Wenn ein Buch wirklich verdient, ein Ereignis genannt zu werden, so dieses.« Mit Genugtuung berichtete Thelen seinem mallorquinischen Freund, dem Schriftsteller Joaquin Verdaguer, im Dezember 1953 von seinem Erfolg. Verdaguer antwortete umgehend: »Ich freue mich sehr, sehr, sehr über Ihren großen Erfolg … Der Verkauf einer ganzen Auflage in einem Monat, das passiert nicht oft. Ihre Fähigkeit, so zwanglos zu schreiben, mit wolkenlosem Himmel und vielversprechendem Horizont, ist wunderbar.«[11]
Termingerecht ließ Van Oorschot das Buch zu Beginn des Jahres 1954 nachdrucken. Als er allerdings merkte, daß es sich bei der *Insel* um so etwas wie einen Bestseller handelte, aus dem sich ein Geschäft machen ließ, verlangte er einen höheren Stückpreis pro Exemplar von Die-

derichs, was zur Folge hatte, daß das Buch ab Frühjahr 1954 28 DM kostete, eine eher ungewöhnliche Maßnahme, die bei Buchhändlern und Käufern Befremden auslöste.

Peter Diederichs, der sich spätestens zu diesem Zeitpunkt seiner Abhängigkeit von Van Oorschot gewahr werden mußte, bemühte sich von nun an, von diesem die Originalrechte für die *Insel* zu erwerben. Damit begann ein jahrelanger Zwist zwischen Diederichs und Van Oorschot, der zu einem Verkauf naturgemäß nicht bereit war, ein Konflikt, den Thelen durch seine unentschiedene und sprunghafte Handlungsweise und seine übertriebenen, durchaus kränkenden Äußerungen noch zusätzlich anheizte. Im Februar 1954 versuchte er noch einmal, die beiden Verleger an einen Tisch zu bringen. Er lud Diederichs wegen der *zwischen Ihnen und meinem Freunde van Oorschot herrschenden Spannung* zu einem gemeinsamen Gespräch nach Amsterdam ein. *Zum Einheizen halte ich dann eine Flasche Roten bereit; zwar nur Nostrano. Bei der dritten Auflage tischen wir Barbera, Valpolicella oder gar den köstlichen Orvieto der Marchesi Antinori auf, – vorausgesetzt, dass es a) zu einer solchen kommt; b) die beteiligten Verleger nicht die Hände, die sie sich dann reiben sollten, ins gleichbenannte Gemenge bringen und die Insel im Blut versinkt. Ich wünsche es nicht, ob ich auch nicht verschweige, dass mir dieser tragische Nebenumstand ein saftiges Kapitel gäbe für den zweiten Band, wo sowieso Mord und Totschlag zur Sprache kommen muss (Blutrache im Tessin, in Auressio). Darum Geduld! Geert van Oorschot hat nur das beste für mich im Auge; daran ist kein Zweifel möglich.*[12]

Ulla Helf-Diederichs, die damalige Frau von Peter Diederichs, erinnert sich noch lebhaft an diesen Besuch in Amsterdam. Ihr Mann, der Thelen ausgesprochen gern mochte und eine »unendliche Geduld« mit ihm hatte, wie sie sagt, habe unter Thelen, den sie eine »wunderbare, phantastische, bizarre Erscheinung« nennt, der aber auch »undankbar« und mit einem »komischen Komplex« ausgestattet war, »furchtbar gelitten«: »Wahrscheinlich stimmte die Chemie nicht.«[13] Van Oorschot war zwar bereit, Diederichs die noch vorhandenen 6000 Exemplare, die, wie Ulla Helf-Diederichs erzählt, das steile Treppenhaus seines kleinen Hauses fast unbegehbar machten, gegen eine angemessene Zahlung zu überlassen, die Rechte an der *Insel* aber rückte er nicht heraus. Im Gegenteil versuchte er, sich auch die Rechte an einem Fortsetzungsband zu sichern.

Thelen, dessen Symphathie für Van Oorschot zu schwinden begann, beklagte sich in einem Brief an Barbara und Peter Jud vom 16. Februar 1954 über Van Oorschots unnachgiebige Haltung gegenüber Diederichs: *geert ist wie ein karnikel, das seinen wurf totbeisst, wenn eine fremde hand ans nest will.*[14] Dennoch schloß Thelen im Mai desselben Jahres mit Van Oorschot zwei neue Verträge ab, die für Diederichs einen Affront darstellen mußten: einen, der Thelen für die ersten beiden Auflagen der *Insel* nachträglich ein Honorar von 8000 Fl., abzüglich der 500 Fl., die er als Vorschuß erhalten hatte, zugestand sowie 2,50 Fl. für jedes verkaufte Exemplar der soeben erschienenen dritten Auflage. In einem zweiten Vertrag sicherte sich Van Oorschot die Rechte an einem Folgeband mit dem Arbeitstitel *Das Tal der verspielten Entohnigungen.*

Statt an dem neuen Manuskript zu arbeiten, beschäftigte sich Thelen jedoch während des ganzen Jahres 1954 in Briefen fortwährend mit den Querelen um die *Insel*, der *verfahrenen Karre. das Buch*, schrieb er an seinen Bruder Ludwig im November 1954, *hängt mir so zum halse heraus, daß ich nicht in der lage bin, an den memoiren wei-*

ter zu spinnen. die verleger haben das buch so in die rappuse geritten und mich dermaßen mit allem belästigt (nur nicht mit geld!), daß ich vor der hand nichts wissen will von angewandten erinnerungen. natürlich habe ich selbst sehr viel schuld. ich hätte klügere verträge machen sollen, oder die dummen nicht unterschreiben.[15]

Thelens Sympathie für Van Oorschot schlug in Wut um, als das im Vertrag vom Mai vereinbarte Honorar noch immer nicht eingetroffen war. Bis Ende 1954 waren immerhin 20000 Exemplare der *Insel des zweiten Gesichts* verkauft, ohne daß Thelen das ihm zustehende Honorar erhalten hatte. Er fühlte sich von Van Oorschot übers Ohr gehauen und von Diederichs im Stich gelassen. In diesem Augenblick trat Franz Schüler auf den Plan, ein unabhängiger Unternehmer, Literaturliebhaber und Inhaber eines kleinen Verlages, dessen Frau Toni Thelen aus der Kölner Pressa-Zeit kannte. Schüler machte auf Thelen einen vertrauenerweckenden Eindruck, und so bevollmächtigte dieser ihn, die weiteren Verhandlungen zu führen. Er war ein strenger Sachwalter, der in gut gemeinter Absicht mit beiden Verlagen verhandelte, auch wenn er sich gelegentlich im Ton vergriff oder allzu abwegige Forderungen stellte. Für Thelen war er ein Retter in der Not, der ihn von dem *miserable[n] Kuhhandel*[16] entlasten sollte.

Schüler stellte auch die Vermittlung zu einem weiteren, aus heutiger Sicht zwielichtigen Verleger her, zu Kurt Desch, in den Thelen nun neue Hoffnungen setzte. Desch, *einer von den vielen Verlegern, die sich für mich interessieren*[17], wie Thelen voller Genugtuung an Diederichs schrieb, hielt er für den richtigen, er werde die *Insel den beiden verlegern aus dem stall holen*[18]. Mit drastischen Worten verteidigte er sich im Brief vom 13. Februar 1956 an Peter Diederichs, Franz Schüler in die Sache hineingezogen zu haben: ... *die beiden Verleger sollten sich die In-*

sel in den Hals kröpfen und daran ersticken; ich hätte genug von der ganzen Schweinerei ... Die beiden Verleger kämen mir vor wie Kormorane, die sich eine Beute streitig machen, welche sie nicht einmal mehr schlucken könnten, da sie sich selber den bewußten Ring um den Hals gelegt hätten. (Du kennst die japanische Fischfangweise.) ... dies sage ich Dir, weil sich die Legende gebildet hat, das neue Buch ginge an den »Meistbietenden«. Es geht an den, der mich nicht bedrängt. Das hättest Du doch wissen müssen, nachdem ich Dir erklärt hatte, daß ich die Fortsetzungen der Insel niemals schreiben würde, solange man mit diesem Buche schachert.[19]

Sowohl Geert van Oorschot als auch Peter Diederichs, so muß aus heutiger Sicht festgestellt werden, haben trotz der tiefgreifenden Differenzen untereinander und der von Thelen auf sie niederprasselnden Beschimpfungen einiges für Thelens Publizität getan. Sicher stand Van Oorschot, der lebensfrohe Hedonist, in seiner draufgängerischen, etwas schenkelklopfenden Art Thelen wesensmäßig näher als der eher feinfühlige, protestantisch geprägte Peter Diederichs. Auch war es Van Oorschot, der Thelen im Herbst 1953 zur Tagung der Gruppe 47 nach Bebenhausen begleitete, wofür Thelen ihm sicher eine gewisse Dankbarkeit zollte, denn ohne seinen Verleger an seiner Seite wäre dieses Ereignis noch schwerer zu ertragen gewesen. Gleichzeitig mit der *Insel* war in seinem Verlag ein dünnes Bändchen von Adriaan Morriën erschienen: *Op bezoek bij Albert Vigoleis Thelen (Zu Gast bei Albert Vigoleis Thelen)*, eine auf einem ausführlichen Gespräch beruhende Einführung in Leben und Werk des Autors, die noch heute von Interesse ist.

Peter Diederichs dagegen, der nach Aussage seiner damaligen Frau Ulla eine ausgesprochene Sympathie für Thelen hegte, gab in den folgenden Jahren zwei Gedichtbände des Dichters heraus. Der erste, *Vigolotria*, 1954 erschienen, umfaßt *36 Proben aus den Mappen meiner Unsinns-Dichtung* aus verschiedenen Zeiten, der zweite, *Der Tragelaph*, 1955 erschienen, enthält ernste Gedichte, teils traditionalistisch, teils modernistisch anmutende Proben seiner dichterischen Erfahrensweisen und sprachalchimistischen Wünschelrutengänge ins *Gläs der Worte*, in die dünnen, in Stein eingefrästen Quarzschichten der Worte.

Ein Roman aus der Rocca Vispa

Das Auftreten von Franz Schüler trug, was die Rechte an der *Insel* betraf, nicht gerade zur Klärung bei, eher verhärteten sich die Fronten zusätzlich. Vor allem Peter Diederichs schienen *die gutgemeinten, aber völlig abwegigen Aktionen des Dr. Sch.*[20] in eine noch kompliziertere Lage zu versetzen. Denn nach wie vor dachte Van Oorschot nicht daran, sich von der *Insel* zu trennen. Erst mit Vertrag vom 25. Februar 1956 trat der Verlag G. A. van Oorschot sämtliche Rechte und Pflichten, *Die Insel des zweiten Gesichts* betreffend, an den Eugen Diederichs Verlag ab. Als Gegenleistung zahlte Diederichs 10 000 DM an Van Oorschot.

Der Verleger Kurt Desch warb dennoch weiter um Thelen. Da er ein Ferienhaus in Ascona besaß und sich mehrmals im Jahr im Tessin aufhielt, besuchte er die Thelens des öfteren in der Casa Rocca Vispa. Er war äußerst zupackend, wenn es darum ging, Autoren an- und abzuwerben, und, wie sich später herausstellte, ein regelrechtes schwarzes Schaf in der bundesrepublikanischen Verlegerlandschaft der 1950er und 1960er Jahre. Wie seinerzeit Van Oorschot versuchte nun er, Thelen zu bewegen, die Geschichten aufzuschreiben, die er *bei einer flasche orvieto fabuliert* habe. *romanbriefe aus der rocca-vispa* über den *erotischen spuk des hauses*[21] sollten es werden.

Herausgekommen aber ist ein ganz anderes Buch: *Der schwarze Herr Bahßetup. Ein Spiegel*, entstanden zwischen 1954 und 1956 in der Casa Rocca Vispa und demgemäß *Doña Elita und dem guten Genius ihrer Rocca Vispa in dankbarer Zuversicht* gewidmet. Der Roman ist in Amsterdam angesiedelt, das hier Heringsgrat heißt, zu jener Zeit, als Vigoleis, Ich-Erzähler und Alter ego des Autors, mit der Abfassung der *Insel des zweiten Gesichts* beschäftigt ist. Gleichzeitig und um des lieben Geldes willen betätigt er sich als Dolmetscher des brasilianischen Rechtsgelehrten José Alvaro da Silva Ponto, Sohn einer Sklavin und eines Jesuitenpaters, der als Delegierter zu einem Friedenskongreß nach Den Haag entsandt worden ist. Wie *Die Insel des zweiten Gesichts* ist auch *Der schwarze Herr Bahßetup* eine Mischung aus aneinandergereihten, erlebten und erfundenen Episoden aus verschiedenen Erinnerungsschichten sowie philosophischen und gesellschaftskritischen Reflexionen. Ein weiteres Beispiel der schon in der *Insel* bewährten Manier Vigoleisscher ausschweifender Beredsamkeit.

Der Roman, der 1956 erschien, stand im Schatten der *Insel*, ihm war nicht der gleiche Erfolg beschieden. Leser und Kritiker vermißten die mediterrane Schwerelosigkeit und Heiterkeit, die die *Insel* auszeichnet. Manche meinten, daß der auf Kosten handfester, spannender Handlungselemente im *Bahßetup* zu wahrer Meisterschaft getriebene Digressionsfuror mit dem Autor durchgegangen sei. Erst bei der Neuausgabe 1983 ging man wohlwollender mit dem Buch um. Karl Heinz Kramberg huldigte geradezu Werk und Autor in der *Süddeutschen Zeitung*: »Er fabuliert nicht, er laicht. Er diskutiert nicht, er schwimmt in syntaktischen Bildern. Und wenn wir nicht mitschwimmen wollen oder nicht mitschwimmen können, sind wir als Leser gescheitert, als Anästheten gestraft. Ohne je zu erfahren, wohin dieses außerordentliche Produkt auf unsere Bücherstellage gehört.« Es handele sich beim *Bahßetup* wie auch bei der *Insel* um die »Logizität der Verführung, um die reine Lust, sich von Klängen, Silben und Bildern aus dem, was wir Gegenwart nennen, davontragen zu lassen. Orgiastische Prosa. Dionysos übertölpelt Apoll.«[22]

Kaktusstil nannte Thelen seine bewährte Abschweifungstechnik, die im *Bahßetup* noch weiter auf die Spitze getrieben worden ist: *... es bilden sich Ableger, ins Wilde hinein, wie beim Kaktus, der gerade da Augen setzt, wo man sie nicht erwartet.*[23] Er komme immer *vom Hundertsten ins Tausendste, und manchmal gar in die Million*, wie es Thelen bei einer Lesung 1966 formulierte[24], so daß sogar Beatrice im *Bahßetup* einmal der Geduldsfaden reißt: *Nun bleib doch mal bei der Sache, vermaledeiter Vigoleis*[25], ruft sie ihm genervt zu. Ein Vigoleisscher Grundsatz aber im Leben wie in der Literatur lautete: *Geschichten sind doch nicht dazu da, daß sie rasch zu Ende gehen ...*[26]

Die Rezeption des *Schwarzen Herrn Bahßetup* war nicht nur wenig geeignet, Thelens Schreibimpuls zu fördern, sie brachte erneut Ärger mit sich. Wieder fühlte er sich abgekanzelt und mokierte sich über den *lahmen stuhlgang der instinktverschütteten kritiker*. Ärger gab es auch mit dem Dekan der Rechtswissenschaftlichen Fakultät der Universität Amsterdam, der sich wegen verunglimpfender Darstellungen der Stadt und der Universität beschwerte und ausgerechnet mit dem Börsenverein des Deutschen Buchhandels zum *klagelied und -leid* vereinte, was dem Absatz des Buches zusätzlich schadete. Vergeblich bat Desch Thelen um eine Stellungnahme; Thelen aber lehnte es ab, *den fall auf dem paukboden der fakultät auszutragen; wobei ich mich auf meine authentische feigheit berief, den schimpflichen affekt, den mir auch keiner glaubt*[27], wie er an Karl Otten, den Freund aus früheren Tagen, schrieb. Selbst Franz Schüler, der Thelen ausgesprochen wohlgesonnen war, hielt *den Bahßetup* für, *wenn man literarisch wertet, doch ein umstrittenes Buch* und fügte streng hinzu: *Vigo muß sich etwas mehr Fremdkritik im voraus gefallen lassen und mit sich selbst auch etwas schärfer rechten.*[28]

Wegen des mangelnden Erfolgs wurde das Buch von Desch schon nach kurzer Zeit verramscht. Der Verlag hatte sich zweifellos mehr versprochen und ließ den Autor schnell wieder fallen, zumal die Rechte für die *Insel* weiterhin bei Diederichs lagen. Sie fielen erst 1979, nachdem keine weiteren Auflagen erfolgt waren, an Thelen zurück. In einem Brief an Dora von Bodenhausen beklagte sich Beatrice, die die Verbindung zu Desch zunächst begrüßt hatte, bitter über die undurchsichtigen Unternehmungen der Verleger. Thelen sei beschäftigt mit Schreiben, wolle aber mit Verlegern nichts mehr zu tun haben, also werde er nicht veröffentlichen. *Er wird krank und kann kein Wort mehr zu Papier bringen, wenn er nur an einen dieser widerlichen Leute denkt.*[29] Sie seien aber, fährt Beatrice fort, schon wieder hinter ihm her, seit es sich herumgesprochen habe, daß er am dritten Teil der *Angewandten* arbeite.

Gelegentlicher Habedank

Von der unter dem Titel *Tal der Entohnigungen* konzipierten Fortsetzung der *Angewandten Erinnerungen* sind vier Sequenzen erhalten: *Der Hirtenbrief*, *Tabakpanik*, ein literarisch-sprachliches Kabinettstückchen über Pascoaes' Rauchgewohnheiten, *Grenzstein der Freiheit* und *Die Gottlosigkeit Gottes oder Das Gesicht der Zweiten Insel*. In diesen Geschichten beschreibt Thelen die Fahrt von Vigoleis und Beatrice durch Franco-Spanien nach Portugal und ihre Ankunft auf dem Weingut der Familie de Pascoaes. Wie viele Kapitel es noch gegeben hat, ist nicht bekannt. Auch über die Schweizer Jahre sind einzelne Episoden veröffentlicht, zum Beispiel die erste Bekanntschaft des Dichters mit seiner elektrischen Schreibmaschine. Aber Thelens Mißtrauen gegenüber den Verlegern, gepaart mit der Unzufriedenheit mit sich selbst, haben ihn viele vermeintlich mißratene Textseiten verbrennen oder sonstwie vernichten lassen. Er war ein Meister im Vernichten eigener Texte. Wer die Thelens in den 1970er oder 1980er Jahren in ihrer Wohnung am Genfer See besuchte, wunderte sich über den Stapel beschriebenen Papiers in einer Ecke des Flurs, der von Zeit zu Zeit von der Reinemachefrau entsorgt wurde.[30]

Was die Rezeption seiner Werke betrifft, befand sich Thelen in einem Circulus vitiosus. Auf der einen Seite war sein Argwohn gegen den Literaturbetrieb und die *Literaturkümmerer* so groß, daß er sich konsequent von ihnen fernhielt, auf der anderen Seite beklagte er sich vor allem im Alter gelegentlich, daß von ihm zu wenig Notiz genommen würde. Nicht immer überspielte er dabei seine Klagen so spöttisch-selbstironisch wie in einem Brief an Richard Franke vom April 1974: *... ich höre immer wieder, und mit Freuden, daß mein literarischer Stern ganz hoch im Gereute steht, wenn ich nur erst mal tot bin. Da muß ich mich also mit Geduld fassen, aber 70 liegen schon hinter mir. Der lit. Nachlaß wird vernichtet, über den kann kein Todes-Stern mehr sein Licht scheinen lassen.*[31]

Schon 1965, als es darum ging, wer die Fortsetzung der *Angewandten* veröffentlichen würde, beschloß er, wie er seiner Mutter in einem Brief mitteilte, daß nach seinem Tod alle Manuskripte vernichtet werden sollten, allerdings *nur, wenn beatrice... v o r mir das zeitliche segnet;*

denn nach ihrem tode ist ja niemand mehr da, der, wenn ich selber abkratze, meinen letzten willen: vernichtung alles dessen, was ich geschrieben habe, vollzieht ... der gedanke an verleger ist nach wie vor belastend, zu sehr haben diese leute mich erniedrigt. mit den nazis bin ich fertig geworden, mit diesen herrn komme ich nicht »zu schlag«, sie schlagen mich, wie schon der schöpfer mich gezeichnet hat.[32]

Es gibt Institutionen. Ich traue keiner, befand er mit einer gewissen Halsstarrigkeit in einem Gespräch mit dem Literaturkritiker Hans Schwab-Felisch anläßlich seines 70. Geburtstages am 3. November 1973, als dieser Thelen riet, sich den Entschluß noch einmal durch den Kopf gehen zu lassen. Schwab-Felisch, der ihn 1954 für den Fontane-Preis vorgeschlagen hatte, gehörte zu den wenigen, die Thelens Vertrauen genossen.

Doch gab es auch den einen oder anderen Verlag, mit dem Thelen zufrieden war. Zu der im Deutschen Taschenbuch Verlag, München, in Vorbereitung befindlichen zweibändigen Taschenbuchausgabe der *Insel* äußerte sich Thelen im August 1970 ausnahmsweise einmal wohlwollend: *Ja, mit Ihrer Arbeit bin ich zufrieden, – nicht nur, daß ihre Korrektoren noch Druckfehler herausfischen; was mich besonders freut, ist die Tatsache, daß der dtv nicht in die elende Knauserei, das Geknast und Knirrengefick der vereinigten Verleger Diederichs und Bertelsmann verfällt, die mich bei der photok. Herstellung der Volks-Ausgabe baten, mit Rücksicht auf die entstehenden Mehrkosten bei der Ausmerzung von Druckfehlern, oder kleinen Änderungen, sparsam vorzugehen ...*[33]

Auch mit Erwin Barth von Wehrenalp, Verleger von Econ und claassen, stand er in einem einvernehmlichen Verhältnis, ebenso mit Klaus Antes, dem damaligen Cheflektor bei claassen, auf dessen Initiative 1979 der Lyrikband *Im Gläs der Worte* erschien und die in den folgenden Jahren herausgekommenen Neuausgaben der *Insel* (1981) und des *Bahßetup* (1983) zurückgehen. Die gebundene Neuausgabe der *Insel* stieß bei Thelen im großen und ganzen auf Zustimmung. Nur den Einband, eine aus vielen im Buch vorkommenden Motiven und Bildern zusammengestückelte Collage, konnte er nicht unkommentiert lassen: *verwirrend beströmt mit den gesichten des klebekünstlers; dies gelbe züngelgewürm über dem ferrer, von dem beatrice gleich sagte, das seien stühle, als welche sie sich auch unter meiner riesenlupe zu erkennen gaben…*[34] Erfreut darüber, daß sein *zwiegesichtiges inselmemorial* 28 Jahre nach Erscheinen der Erstausgabe wieder in einer gebundenen Ausgabe auf dem Markt war, äußerte er die Hoffnung, daß es nun eine unvorbelastete Lesergeneration erreiche, die dem Werk ein größeres Verständnis entgegenbringen würde. *wenn Sie mit Ihrem stab und den tochtermännischen werbekniffen diese leserschicht gewinnen, ist auch das spiel gewonnen. Der einsatz des verlages ist hoch, – um so größer mein habedank …*[35]

Fingerübungen eines Seh-Gestörten

Ein anderes Mal überließ Thelen einem Verleger ein Manuskript aus einer momentanen Laune heraus. Am 9. November 1966 war er von dem Verleger W. Georg Olms eingeladen, in der Verlagsbuchhandlung Olms in Hildesheim aus seinen *Erinnerungen* zu lesen. Erfreut und dankbar über die freundliche Aufnahme, die er und Beatrice im Haus des Verlegers und seiner Frau fanden, schenkte er Olms beim Abschied das Manuskript *Glis-Glis* zur eigenen Verwendung. Wetterwendisch auch in diesem Falle, beschwerte er sich dann später gelegentlich darüber, daß er nie einen Pfennig für das Buch erhalten habe. *Glis-Glis. Eine zoo-gnostische Parabel* war 1959 in der Casa Rocca Vispa entstanden als *Fingerübung eines Seh-Gestörten*, womit Thelen auf seine fortschreitende Augenkrankheit anspielte. Diederichs hatte das Manuskript abgelehnt mit der Begründung, *es sei ein echter Vigoleis, eine Probe seines besten Könnens, aber kein Geschäft*[36]. Und Toni Schüler, die langjährige Freundin, hatte ihm nach der Lektüre des Manuskripts geschrieben: »Ich fürchte nur, daß Dein Märchen vielen ein Buch mit sieben Siegeln sein wird. Aber für das ›Geschmeiß der Regel‹ hast Du ja nie geschrieben.«[37]

Glis-Glis ist Märchen, Fabel, Parabel und kulturgeschichtlicher Essay in einem, eingebettet in eine zoo-gnostische Geschichte über den in nördlichen, bergigen Gegenden auftretenden, der Nagetierfamilie der Bilche oder Schlafmäuse angehörenden Siebenschläfer, auch Glis-Glis genannt. Das Buch beschreibt nicht nur einen Angriff dieser *Zieselratzen* auf die Casa Rocca Vispa, sondern begibt sich auf politisch brisantes Gelände von heute noch oder wieder beklemmender Aktualität, wenn er die Bilche ganze Bibliotheken zerpflücken und zerfressen läßt oder die Kurzsichtigkeit der Mächtigen beklagt. *Die führenden Staatsmänner unserer Tage sehen längst nicht mehr weiter, als ein Wilder über das Wurfmaß seiner Lanze zu blikken vermag, und das in einer Zeit, wo die Wilden Weltgeschichte machen und die Sterne den Dichtern enteignet und ins irdische Grundbuch eingetragen werden. Was wir vorne gewinnen, stoßen wir hinten ab als Verlust, die unserem Jahrhundert gemäße Form der Säkularisation.*[38]

Die Erzählung erschien 1968 im Georg Olms Verlag mit Zeichnungen von Paul König, ein liebevoll gestalteter Prachtband, vielleicht das schönste aller Bücher von Thelen. Klüger geworden, verhielt sich Thelen gegenüber Olms etwas offensiver und mischte sich zum erstenmal in

die Typographie ein. Im April 1967 schrieb er an Olms: *sollte schriftgrad und satzspiegel eine frage der kalkulation sein, so erlaube ich mir nochmals zu erwähnen, daß Sie, lieber olms, ja kein honorar zu zahlen haben, alles gehe in die gestaltung – zu gunsten des LESERS.*[39] Kurz vor Erscheinen im Oktober 1967 schrieb er ihm: *Und ich hoffe, daß sich die Rellratzen nicht gleich über die Parabel hermachen …*[40] Zuvor, in einem Brief vom März 1967, hatte Thelen auch Olms seine Einstellung zur Spezies der Verleger mit unmißverständlicher Deutlichkeit, die Ungezogenheit zu nennen nicht ganz falsch wäre, zu verstehen gegeben. *das jüngste gericht war als symbol eine art vorhölle, in der verleger angebraten werden sollten, – erhalten geblieben, weil aus festem stahl, sind der kastanienröster und die sense: alles andere ist inzwischen eingeäschert, was im grunde ein blitz hätte besorgen müssen.*[41]
Nicht besser schnitten übrigens die Lektoren bei Thelen ab. Auch ihnen unterstellte er Willkür und Literaturfeindlichkeit. Dem *Eunuchat*, wie er das Lektorat nannte, empfahl er: *Nehmt das Buch, wie es ist, stört euch eine Passage, dann ist das ganze Buch keinen Schuß Pulver wert.*[42]
Des *Kärgelns und Mergelns mit dem zu bedruckenden Papier*[43] der Verleger überdrüssig, wollte sich Thelen im Alter seine *würde als autor von keinem verleger mehr antasten* lassen. Am liebsten wäre es ihm gewesen, seine Werke ohne Verleger unter die Leser zu bringen: *wenn ein packen von 4–5 burgunder-seiten fertig ist, verkaufe ich den an meinen mäcenas in münchen – das ist alles schon geregelt – und lasse mir mit hilfe des erlöses alles auf wachsmatrizen tippen und einige hundert expl. abziehen. die verschenke ich dann an leute, die ich für würdig halte, mich zu lesen. ha, dieser eitle wicht, sagen dann die anderen leute, an deren tür der lit. nikolaus vorbeigeht.*[44]
Einen solchen Mäzen fand Thelen in dem Münchner Mi-

neralöl- und Schmierstoffe-Fabrikanten Theodor Klüber. 1963 ließ dieser den Gedichtband *Runenmund* in einer nicht für den Handel bestimmten Auflage von 150 bibliophilen Exemplaren für die Freunde des Hauses drucken. Thelens außerordentliche Dankbarkeit – den Namen Klüber hat Thelen in Briefen und Gesprächen häufig genannt – hat möglicherweise mit der Höhe der einmaligen Summe zu tun, die ihm ausgezahlt wurde. Die vermutlich in Klüber gesetzten Hoffnungen auf weitere Editionen erfüllten sich indessen nicht.

Eine große Sympathie hegte Thelen dagegen für Pressendrucker und Verleger bibliophiler Bücher, die innerhalb der Verlagslandschaft ein ähnliches Außenseiterdasein führen wie er als Dichter. Die Buchkünstler, die im Verlegerberuf eher das Künstlerische als das Geschäftsmäßige sehen und auch bereit sind, eines Buches wegen oft gravierende materielle Einbußen in Kauf zu nehmen, konnten seiner Sympathie gewiß sein. Sicher sah er in ihnen ähnlich kauzige Sonderlinge, wie er selbst es war. So nimmt es nicht wunder, daß einige seiner schönsten Bücher mit ausgewählten Texten in erlesenen bibliophilen Ausgaben erschienen sind. Dazu gehören vor allem die Bücher aus der Aldus-Presse von Arno Piechorowski, wie *Goethes Gespräche mit Frau Eckermann* (1987 und 1999) und *Goethe anonymus* (1999), ein Essay aus dem Goethe-Jahr 1949, der kleine Gedichtband *Saudade* (1986), *Einfahrt in Pascoaes* (1988) und *Pension del Conde* (1977), ein Ausschnitt aus der *Insel des zweiten Gesichts*, um nur einige zu nennen. Arno Piechorowski druckte auch die Jahresendgedichte auf feinem Büttenpapier, die Thelen seinen Freunden jedes Jahr zwischen Weihnachten und Neujahr zukommen ließ – eine schöne Gepflogenheit, die er in portugiesischen Jahren begonnen hatte und bis an sein Lebensende fortführte.

Wie Thelen, dem ewigen Emigranten, war es auch seinem Werk nicht vergönnt, sich unter dem Dach eines einzigen Verlages zusammenzufinden. Vielleicht wäre es der *Insel* anders ergangen, wenn sich der Rowohlt Verlag 1953 ihrer angenommen hätte. »Verflucht, die ›Insel‹ ist meinem Alten da durchgegangen«[45], soll Heinrich-Maria Ledig-Rowohlt Mitte der 1950er Jahre gesagt haben, als er das Buch zum erstenmal in Händen hielt.

Beatrice und Albert Vigoleis Thelen, Auressio, 1937

Ich hänge nicht am Leben, ich hänge an Beatrice

Anfang der 1980er Jahre, als *Die Insel des zweiten Gesichts* bei Claassen neu aufgelegt wurde, geriet auch Albert Vigoleis Thelen wieder ins Licht der Öffentlichkeit. Er und Beatrice lebten zu der Zeit zurückgezogen in Vennes, einem Vorort von Lausanne, in einer Wohnung im fünften Stockwerk eines modernen Mietshauses in der Rue Ysabelle de Montolieu, mit wunderschönem Ausblick auf den Jura und den Genfer See. Sie lebten dort so zurückgezogen, daß sich seine Freunde und einige treue Leserinnen und Leser bisweilen fragten, ob er überhaupt noch am Leben sei oder ob er sich wohl in ein Kloster zurückgezogen habe – eine Fama, die ihn amüsierte und zu der er selbst seinen Teil beigetragen hat. *Wenn die Hure alt wird, wird sie fromm*[1], kommentierte er lachend dieses Gerücht im Gespräch, das Klaus Antes, inzwischen Redakteur beim WDR, mit ihm aus Anlaß seines 85. Geburtstages 1988 führte.

Es war nun eine jüngere Generation von Literaturwissenschaftlern und Journalisten, Rundfunkleuten, Filmemachern und Fotografen, die angereist kamen, um den eigenwilligen, kauzigen alten Herrn in seinem mit Tierschädeln, selbstgebastelten Überraschungs- und Unsinnsmaschinen, leeren Uhrgehäusen und anderen Skurrilitäten vollgestellten Arbeitszimmer auf seinem Zahnarztstuhl zu bestaunen wie einen Zeugen aus einer längst vergangenen Zeit. Der 75., 80. und 85. Geburtstag waren willkommene Anlässe, sich des in der aktuellen Kulturszene weitgehend in Vergessenheit geratenen Dichters immer wieder einmal zu erinnern. Es gab Porträts in Zeitungen und Gespräche im Radio, die Thelen, aus der Warte eines abgeklärten älteren Herrn, ruhig und liebenswürdig über sich ergehen ließ. Der Schweizer Architekt und Maler Siegfried Erlhoff plante sogar eine mehrteilige Verfilmung der *Insel* fürs Fernsehen, die sich aber zerschlug und die, wenn sie denn zustande gekommen wäre, mit Sicherheit an Differenzen zwischen Autor und Regisseur über eine den Erfordernissen des Mediums Fernsehen entsprechende Glättung und Verharmlosung des Stoffes in die Brüche gegangen wäre.

Mehr als in früheren Zeiten wurde nun auch die Frau, die seit über fünfzig Jahren mit ihm zusammenlebte, in Gespräche und Berichte mit einbezogen – Beatrice, Schweizerin aus der bekannten Baseler Gelehrtenfamilie Bruckner mit entfernter Abstammung von den Incas. Thelen nannte sie in jungen Jahren *mein Incamädchen* oder *Bice, Bé* oder *Bébé*, was sich aus den Anfangsbuchstaben ihres Vor- und Zunamens, Beatrice Bruckner, ableitete. *Ich hänge nicht am Leben, ich hänge an Beatrice*, gestand er in dem Gespräch mit Klaus Antes. *Als ich zum ersten Mal mit ihr sprach, da war das etwas ganz Besonderes… Und ich fand genau das, was die Beatrice von mir sagt, etwas Außergewöhnliches in ihr. Und was mich zusätzlich angezogen hat, war, daß sie auf meinen Ton einging, und daß sie spürte, daß ich im Grunde genommen ein ganz armer Tropf bin, der es versteht, mit einer hochentwickelten Mimikry seinen Weltschmerz, seinen Lebensekel zu verbergen.*[2]

Wohl dem, der eine solche Frau an seiner Seite hat, sagte Inge Jens kürzlich anläßlich der Präsentation des Buches über Katia Mann, geborene Pringsheim, in Berlin, das bezeichnenderweise den Titel *Frau Thomas Mann* trägt. Katia Mann entwickelte ihre Persönlichkeit an der Seite und im Schatten eines Mannes, der alle Aufmerksamkeit für sich beanspruchte, ohne sich ihm bedingungslos unterzuordnen. Ähnliches gilt auch für Beatrice Thelen. Wenngleich es im Hause der wohlsituierten Manns mit einer Anzahl von Bediensteten und der notwendigen finanziellen Absicherung einfacher war, nicht zum »Hausmütterchen« zu werden. Aber auch Beatrice war alles andere als eine in ihr Schicksal ergebene Dichtergattin. Dazu war sie zu intelligent, gebildet und eigensinnig.

Aufgewachsen zwischen zwei Brüdern, Zwingli, der schon vor ihr nach Mallorca gegangen war, und Albert, der ein angesehener Mediävist und Paleograph wurde, war ihr Hang zur Selbständigkeit früh entwickelt. Es war Ende der 1920er Jahre, als Beatrice nach Amsterdam ging, noch keineswegs selbstverständlich, als Frau mit Ende Zwanzig unverheiratet zu sein und allein ins Ausland zu gehen. Sie verfügte über eine gute Allgemeinbildung und war ausgesprochen polyglott – sie sprach Englisch, Französisch, Spanisch, Portugiesisch, Niederländisch und Russisch –, so daß sie sich in allen gesellschaftlichen Kreisen sicher bewegen konnte. Außerdem interessierte sie sich für Kunst und Musik und spielte mit virtuoser Hingabe Klavier. Als sich Albert Vigoleis und Beatrice 1928 auf der Internationalen Presseausstellung, Pressa, in Köln kennenlernten, arbeitete sie als Fremdsprachenkorrespondentin. Die Faszination zwischen ihr und dem jungen Studenten beruhte auf Gegenseitigkeit. Eine große geistige Verwandtschaft ließ in beiden die Vorstellung entstehen, ihre Begegnung sei schicksalhaft. Allerdings heirateten sie erst 1934 auf dem Standesamt in Barcelona.

Beatrice war und blieb der Mittelpunkt im Leben von Albert Vigoleis Thelen. Sie konnte sich nicht nur der hundertprozentigen Wertschätzung und Hochachtung ihres Mannes sicher sein, sie war es, die ihn am Leben erhielt. Respekt- und liebevoll klang es, wenn er ihren Namen sprach, der lateinisch »die Glückbringende« heißt, wobei er besonderen Wert auf die italienische Aussprache legte. In einem Beitrag zu der 1986 erschienenen Anthologie *Nenne deinen lieben Namen, den du mir so lang verborgen* schrieb er über den Namen seiner Frau: *Der Beatricen gibt es viele, auch sehr berühmte, doch die unsrige, die meine, sagt man, sei ebenbürtig den großen Gestalten, die den Namen tragen: Beatrice.*[3]

Das Leben an der Seite des nicht unkomplizierten Dichters war für Beatrice eine Lebensaufgabe, die nicht immer leicht war. Sie meisterte sie mit Vitalität, Selbstbewußtsein und dem notwendigen Quantum leiser Ironie, was ihr geholfen haben mag, nicht erdrückt zu werden von der Last der Verantwortung, die die zwei Jahre Ältere unausgesprochen für den in einer Weise stets Kind Gebliebenen übernommen hatte. Er gab zwar die Richtung ihres langen gemeinsamen Lebens an, Beatrice aber sorgte für den reibungslosen Verlauf. Ob auf Mallorca oder auf Pascoaes' Weingut in Amarante, ob in Amsterdam oder im Tessin, immer war sie die Beruhigende, Trostspendende, das Leben Meisternde an seiner Seite. Sie sorgte für seine Erdung und die notwendige Stabilität in seinem Leben. Ohne seine Frau, so war die einhellige Meinung seiner Freunde, wäre wohl keines seiner Werke entstanden, ja, wäre er vielleicht gar nicht so lange am Leben geblieben.

Seiner *eingeborene[n] Abneigung gegen die Berührung mit der Außenwelt*[4] setzte sie einen vernünftigen, wohldosierten Pragmatismus entgegen. Sie kümmerte sich um die alltäglichen Belange, verwaltete den meist kargen Haushalt, löste die *schäbigen* finanziellen und geschäftlichen Probleme und sorgte für eine gewisse gesellschaftliche Einbindung, dieweil er seine künstlerischen, dichterischen und handwerklichen Kapriolen schlug. Sie war die Tüchtige neben ihm, dem mit *Untüchte* geschlagenen

Vigoleis. Das Phänomen Albert Vigoleis Thelen ist ohne Beatrice an seiner Seite gar nicht vorstellbar. Dies beherzigend, spricht Thelen, vielleicht in Anspielung auf Platons *Gastmahl*, in der *Insel* gelegentlich von einem künstlichen Menschengebilde mit Namen *Vigotrice*.
In der Öffentlichkeit und im Umgang mit anderen Menschen nahm sie sich meist zurück, so daß es gelegentlich den Anschein hatte, als stünde sie in seinem Schatten. In Wirklichkeit aber bezog er sie immer mit ein. In seiner Dankesrede bei der Verleihung des Fontane-Preises sagte er, eigentlich gelte der Preis seiner Frau. Auch er wußte sehr genau, was er an ihr hatte. Bei seinen seltenen öffentlichen Auftritten und in seinen Briefen machte Thelen keinen Hehl daraus, daß Beatrice der Mensch in seinem Leben sei, *ohne dessen Beistand ich selber längst draufgegangen wäre*[5]. Sie war auch seine erste Leserin, denn ihr Urteil bedeutete ihm alles. Und in späteren Jahren, wenn er sich allzusehr über die Querelen mit Verlegern ärgerte, pflegte er zu sagen: *Ich schreibe ja nur für Beatrice.*[6] Im Gespräch mit Klaus Antes erinnert sie sich an die Zeit der Abfassung der Insel: »... gekugelt vor Lachen« hätten sie sich, wenn ihr Thelen abends sein »Tagespensum« vorlas, und oft habe sie ihn ermutigt, »wenn das nichts wird mit der Veröffentlichung..., dann haben wir wenigstens diese neun Monate gehabt. Eine schöne Zeit, es war phantastisch.«[7]
Aber es gab durchaus auch Gegensätzliches, wie in der *Insel des zweiten Gesichts* deutlich wird. Mit manchen der spanischen Lebensgewohnheiten vermochte sich Beatrice nur schwer oder gar nicht abzufinden. Für Thelen hingegen hatten das fremdartige, mediterrane Lebensgefühl und die Gebräuche und Gepflogenheiten auf Mallorca eine ausschließlich beflügelnde Wirkung, die ihn seine Weltfluchttendenzen zeitweilig vergessen ließen.

Mehr als tausendmal hat Beatrice die Insel verflucht, gelb wie die Tragödin, und mehr als tausendmal habe ich sie angefleht: nicht die Insel verdamme, verdamme mich, deinen Vigoleis, Vigoleis, der ja keine Spielart meines Ich ist, eher dessen Hofnarr, sei es auch ohne Halskragen und Hahnenkamm.[8]

Einmal, im Dritten Buch der *Angewandten*, als es das Paar ins Rotlichtmilieu um den *torre de reloj* verschlagen hatte, gewann der von Niederlagen gepeinigte Vigoleis, was Durchhaltevermögen und Optimismus angeht, die Oberhand. Als sei er zu weit gegangen, seine Frau in eine Umgebung verpflanzt zu haben, die ihrer in keiner Weise würdig sei. So wuchs er über sich selbst hinaus, setzte sich spöttisch über seine *Untüchte* hinweg und versuchte, sich zum Beschützer aufzuschwingen. Dafür wurde nun Beatrice die Rolle der Untüchtigen zugeschrieben, und er konnte einmal triumphieren, was *die handgreifliche Seite des Lebens* angeht. Als Beatrice die primitive Behausung, bei der es sich um ein Bordell der billigsten Sorte handelte, für eine *Jugendherberge* oder ein *Asyl für Wanderburschen* hielt, brüstete er sich: *Voilà, da habt ihr sie wieder, meine Beatrice mit dem Mangel an Kombinationsvermögen, wo es die handgreifliche Seite des Lebens betrifft. Rein zerebral hätte sie auf dem Gebiete der vergleichenden Sprachwissenschaft bedeutende Leistungen erzielen können. Ihre ungewöhnliche linguistische Begabung, ein doppeltes Erbe von Vater und Mutter, weist ihr diesen verpaßten Beruf als den einzig richtigen zu. Mit einem Blick übersieht sie die entlegensten etymologischen Zusammenhänge; aber vom Ei auf das Huhn zu schließen, vom Gewölle auf den Raubvogel, der es ausgeworfen, von Vigoleis auf Don Quijote, das dürfen wir von ihr nicht erwarten.*[9] Hinter der fast altväterlich anmutenden Überlegenheit in dieser Passage ist die Sympathie und Ehrerbietung für *seine Beatrice* herauszuhören. Bei aller Chuzpe und Ironie, die er über sie ausschüttet, gibt er sie doch nie der Lächerlichkeit preis.

Während dieser Wochen im *torre de reloj* war es ausnahmsweise Beatrice, die in ihrer Verzweiflung erwog, ihr eigenes Leben und das ihres Mannes zu beenden. Entschlossen forderte sie ihn auf, mit ihr nach Porto Pi zu gehen. *»Komm, mach dich fertig, wir gehen ins Wasser.« Sie sagte: ins Wasser, und nicht etwa ins Kino, ins Café Alhambra oder an die Kathedrale. Aber sie hatte auch gesagt, ich solle mich fertigmachen, also fertigmachen zum Fertigmachen, und darum fing ich erst einmal an mich zu rasieren.*[10] Auf ihrem Weg zum Meer, an die Küste nach Porto Pi, aber ließ ein gütiger Erzähler dem Paar Zwingli über den Weg laufen und verhinderte so den Doppelselbstmord. Wie so oft haben wir es auch in dieser Szene mit einer zwischen Realität und Fiktion angesiedelten Episode aus dem Leben von Vigoleis und Beatrice zu tun, die in ihrer überspitzten Darstellung als eine verkappte Liebeserklärung verstanden werden kann. Kommt doch in ihr gerade das zum Ausdruck, woran es Thelen in seiner latent vorhandenen Egomanie mangelte und was er sich gelegentlich selbst ankreidete: Fürsorge und Verantwortungsgefühl für seine Frau.

Das Paar Vigoleis und Beatrice, das durch die beiden Bücher *Die Insel des zweiten Gesichts* und *Der schwarze Herr Bahßetup* für alle Zeiten in die Literatur Einzug gehalten hat, war auch im Leben nicht mehr auseinanderzudividieren. Das Publikum bei öffentlichen Lesungen oder neugierige Besucher reagierten gelegentlich erstaunt, wenn sie feststellten, daß es »die Beatrice«, die sie ins Reich der Phantasie verwiesen hatten, wirklich gab. Wie der ehemalige, reich dekorierte Offizier, der die *Insel* gelesen, sich an ihr ergötzt hatte und nun den Dichter persönlich kennenlernen wollte. Zaghaft fragte er an, *ob ich, bei meiner anti-militärischen Einstellung, einen alten Haudegen überhaupt empfinge. Ich schrieb zurück, Offenheit gegen Offenheit: Er sei willkommen!* Er kam, sah und war verblüfft. Als Thelen ihm seine Frau Beatrice vorstellte, *fuhr der Krieger zusammen, stammelte etwas, und schon beugte er sich tief über die dargereichte Hand. Als er dann zur Herrin des Palazetto aufblickte, sagte er, auf russisch, ungefähr so: Also das ist die von mir nicht, ja nie geglaubte Beatrice des Ritters Vigoleis, und, indem er auf deutsch fortfuhr, zu mir gewandt: »Ja, ich habe mir Ihre Gefährtin nicht bei Leibesleben vorstellen können«, und er zitterte ein wenig nach diesem Bekenntnis. Die Lage war an sich peinlich, doch bog Beatrice alles ins rechte Maß, indem sie zur russischen Sprache überging und den Kavalier fragte, ob sie ihm nun auch noch gefalle. Kurz, der Gast mußte jetzt mit der Sprache herausrücken, er tat es meinetwegen auf deutsch – es waren mutige Worte, die er, die Hand auf der Brust, nun vorbrachte: Nie hätte er gedacht, daß es* sie *in Wirklichkeit gebe – eine Frau, die es an der Seite eines solchen Mannes – Verbeugung zu mir, der ich mich leicht erhob – aushalte.*[11]

Beatrice war, vor allem in jungen Jahren, eine ähnlich leidenschaftliche Briefeschreiberin wie Thelen. Sie korrespondierte mit ihrer Familie und mit Freunden. Besonders intensiv und vertrauensvoll sind die Briefe, die Beatrice während der Zeit in Portugal an Barbara und Peter Jud nach Locarno schrieb: Briefe, in denen in aller Genauigkeit Tagesabläufe, Ausflüge und Unternehmungen beschrieben werden und die spüren lassen, wie wichtig ihr diese Anbindung an die Freunde in der Schweiz war, als Rückversicherung und in der vagen Hoffnung, dorthin bald zurückkehren zu können. Aus diesen Briefen wird auch deutlich, daß das Leben auf der Iberischen Halbinsel, sowohl auf Mallorca als auch in Portugal, für Beatrice, die schon damals mit körperlichen Malaisen zu kämpfen hatte, erheblich schwieriger und weniger komfortabel war als für Thelen. Oft schrieb in dieser Zeit jeder von beiden einen Brief. In denen von Thelen standen mäandernde Gedankenkaskaden über Gott und die Welt und seine enervierenden Erfahrungen bei der Suche nach einem Verleger für das Pascoaessche Werk, Beatrices enthielten detaillierte Berichte über die alltäglichen Erlebnisse und ihrer beider Krankheiten.

In Thelens Briefen an Barbara klingt ein tändelnder Ton an, der von großer Sympathie zeugt und darauf schließen läßt, daß er ihr in besonderer Weise zugetan war, abgesehen davon, daß Thelen in jungen Jahren das Spiel mit schlüpfrigen Formulierungen liebte, was ja auch in der *Insel* zum Ausdruck kommt. Er schickt *küsse für Barbara mit zelophan dazwischen* oder *astrale küsse für die feminine partie*, er nennt sie *darling barbara* oder schreibt: *shakehands mit peter, leichenschändung mit barbara und gesittetere empfehlungen ans gritli unbekannt.*[12] Gelegentlich war sie auch die Adressatin melancholisch-weltentrückter Anwandlungen aus dem fernen Portugal, und immer legte er ihr ein eigens für sie verfaßtes Gedicht bei, so daß der Eindruck entstehen könnte, als sei Barbara eine Frau gewesen, die Beatrice hätte gefährlich werden können. Aber das muß in einem doppelten Konjunktiv gesagt werden, denn letztendlich waren Thelen und Beatrice so untrennbar miteinander verbunden, daß für jeden von ihnen ein Leben ohne den anderen undenkbar gewesen wäre.

Gerade in Briefen an befreundete Frauen schlug Thelen gern einen leicht frivolen und gelegentlich auch respektlosen Ton an. Beispielsweise wenn er Toni Schüler, der Frau von Franz Schüler einen kurzen Bericht von der Eranos-

Tagung gibt, die alljährlich in Ascona stattfand: *... viele frauen aus aller welt, die auch an den hohen tagungen teilnahmen, zerfurchte gesichter haben, was aber mehr darauf zurückzuführen ist, daß sie nachts vom geist auf die forke genommen werden. wäre ich frau, so hätte ich auch nur einen wunsch, vom eranos selbst auf die pilarière gezwungen zu werden.*[13]
Sein »Charme als Kavalier der alten Schule«, seine »Würde und Weltabgewandtheit, die zwar nicht nach Hilfe rief, aber durchaus Gefühle evozierte, über das Schwesterliche hinaus«[14], wie Klaus Antes es einmal charakterisiert hat, waren es, mit denen er nicht nur auf seine Beatrice, sondern überhaupt auf gebildete Frauen seiner Generation eine emotionale, ja auch eine erotische Wirkung ausübte.
Schwieriger zu beantworten ist die Frage, was Thelen an den Frauen liebte, weil es eigentlich nur die eine, *meine Beatrice*, gab. In der *Insel des zweiten Gesichts* ergeht er sich, wie es sich für einen veritablen Picaro gehört, mit Lust und Witz in der Beschreibung anzüglicher Begebenheiten oder schlüpfriger Milieus wie der Gegend um den *torre de reloj*, die sich am Wochenende in eine Bordellmeile verwandelte. Auch in der Darstellung der leichtlebigen, ordinären Maria del Pilar, der exzentrischen Geliebten seines Schwagers Zwingli, und deren Tochter Julietta ist er nicht zimperlich. In dem Brief, den er an seinen Freund, den niederländischen Autor Victor van Vriesland, bald nach ihrer Ankunft in Palma schrieb, berichtete er von der *Vettel*: *Wir sind hier unten in ein richtiges Hurenabenteuer hineingeraten. Don Pedros Frau, eine waschechte Vettel, die er sich aus einem hiesigen Bordell aufgeladen hat, hat unsere ganzen Perspektiven zerstört... Na, die ersten Wochen haben wir uns ruhig verhalten, auch sie war mitunter ganz zahm, meistens aber war die Wohnung*

eine einzige Strindbergszenerie mit allen Teuflischkeiten und akustischen Begleiterscheinungen...[15]
Ganz gefeit gegen Pilars Reize war auch Vigoleis nicht. Und so verdanken ihm die Leserinnen und Leser der *Insel* die wunderbar groteske Verführungsszene, in der Vigoleis mit Pilar auf der *pilarière* landet, wobei er, wie es der inneren Dramaturgie entspricht und wie man es nicht anders erwartet, schmählich scheitert und es gar nicht zum Ehebruch kommen läßt. In der Phantasie allerdings hatte er die Ehe schon gebrochen, als es zu jener seltsamen nächtlichen Begegnung im dunklen Korridor der weitläufigen Wohnung zwischen Pilar und Vigoleis kam. Aber bevor das *Mädchen Pilar, das manchen Herrn schon unter den goldenen Pantöffelchen gehabt*, die Hüllen fallen ließ und sich die beiden *im Schlauch der bösen Gelegenheit begegnen und dann tun, was die Natur ihnen vorschreibt, als wären sie nur eine Fliege oder ein Eichhorn*[16], zog Pilar aus ihrem rechten Strumpf den Dolch heraus, den sie zur eigenen Sicherheit immer bei sich trug, was Vigoleis – ganz begossener Pudel, der vor einem vermeintlichen Lustmord zu fliehen glaubte – davor bewahrte, zum tatsächlichen Ehebrecher zu werden.
Ein Ehebruch hätte wohl auch weder in das reale noch in das fiktionale Bild gepaßt, das sich die Welt von dem Paar Albert Vigoleis und Beatrice Thelen machte. Freunde, Gäste und Studierende, die das hochbetagte Paar in der Wohnung über dem Genfer See in Lausanne oder später im Dülkener Seniorenheim St. Cornelius besuchten, waren beeindruckt von dem liebevollen Umgang und der stillen Übereinkunft der beiden. Ein altgewordenes Liebespaar, das seit mehr als fünf Jahrzehnten miteinander voll gegenseitiger Achtung, Rücksichtnahme und Sorge lebte: Philemon und Baucis vom Niederrhein. Immer noch liebte es Thelen, zu schwadronieren, ausufernde Geschichten aus

seinem Leben zu erzählen, in der Erinnerung zu schwelgen. Wenn ihm Einzelheiten entfallen waren, genügte ein Blick zu Beatrice, die sich dank ihres phänomenalen Gedächtnisses an manche Einzelheiten besser erinnerte als er. Was blieb, war die Angst des einen wie der anderen, übrig zu bleiben, den Tod des anderen zu überleben. Groß war die Sorge um das gegenseitige Wohl. Immer wieder betonte Thelen, daß er, wenn es Beatrice schlechtginge, nicht arbeiten könne. Beide wurden im Alter von etlichen Krankheiten heimgesucht. Thelen litt unter einer chronischen, allmählich fortschreitenden Augenkrankheit, die den Verlust der Sehkraft mit sich brachte, weshalb ihm der ebenfalls erblindete Karl Otten schon in den 1950er Jahren geraten hatte, viel ins Grüne zu blicken und sich früh genug mit dem Blindtippen auf der Schreibmaschine vertraut zu machen. Hinzu kamen Lungenbeschwerden mit plötzlichen Fieberanfällen und Nierensteine, die ihm erhebliche Schmerzen bereiteten. Beatrice hatte viele Krankenhausaufenthalte und Operationen über sich ergehen lassen müssen und war früher als er alt und gebrechlich geworden. Das ist auch dem mit den Jahren immer krakeliger werdenden Schriftzug ihres Namens anzusehen, den sie oft als Gruß unter die Briefe ihres Mannes setzte.
Auf den Fotos, die Freunde von den beiden im Alter gemacht haben, sieht Beatrice müde, verbraucht und kränklich aus. Freundlich, aber mit einer gewissen Leidensmiene blickt sie in die Kamera, während Thelen, der nie ohne das stets an einer Schnur um seinen Hals baumelnde Monokel zu sehen ist, trotz seines ernsten, melancholischen Ausdrucks bis ins hohe Alter auch etwas Verschmitztes ausstrahlt. Schaut man sich diese Bilder genau an, dann streift einen eine Ahnung, daß Beatrices Leben an der Seite des Dichters Albert Vigoleis Thelen wohl doch recht kräftezehrend und aufreibend und sicher *kein*

Schleck[17] war. Dennoch hat sie ihn um fast drei Jahre überlebt.
Auch in ihren politischen Ansichten und Einsichten waren sich Thelen und seine Frau im großen und ganzen einig. Wie er hegte auch sie erhebliche Ressentiments gegen Deutschland. So mutet es wie eine boshafte Ironie des Schicksals an, daß sie aus praktischen und rententechnischen Gründen als gebrechliche und pflegebedürftige alte Menschen gezwungen waren, in die Bundesrepublik zurückzukehren, in das Land, dem sie vor über fünfzig Jahren aus guten Gründen den Rücken gekehrt und das sie bis auf kurze Besuche gemieden hatten. Die Vorstellung, dorthin zurückzukehren, jagte beiden zu allen Zeiten eher Schrecken ein. Beatrice hatte in einem Brief an die Juds 1961 geschrieben: *Uns auf jeden Fall sieht man nicht mehr in Deutschland …*[18] Und: *Das! nicht!* hatte Thelen noch 1970 geschrieben. …*lieber im Rinnstein verrecken an der Seite meiner mir in aller pol. Not getreuen Beatrice.*[19]

Albert Vigoleis Thelen, 1987. Porträt © Brigitte Friedrich

Denk ich an Deutschland …

Als Albert Vigoleis und Beatrice Thelen im Sommer 1986 in das Dülkener Seniorenheim St. Cornelius einzogen, hatten sie insgesamt 55 Jahre außerhalb Deutschlands gelebt. Von der Peripherie aus verfolgte Thelen die bundesrepublikanische Nachkriegspolitik mit wachem Blick und oppositionellem Geist, aber *exterritorial in mir selbst und so meines friedens herr*[1]. Albert Vigoleis Thelen – ein unpolitischer Dichter? Wer seine teils wütenden, teils enttäuschten Einlassungen in den unzähligen Briefen an Freunde und Familienmitglieder liest, wird eines Besseren belehrt: Da beobachtete und schrieb ein Dichter, der an seinem Vaterland litt, der mit ansehen mußte, wie aus einem Volk der Dichter und Denker eines der *Richter und Henker* geworden war, und den auch viele Entwicklungen im Nachkriegsdeutschland beunruhigten und schier um den Schlaf brachten, wie weiland Heinrich Heine, auf den er sich sowohl in der *Insel* als auch in Briefen während der Entstehungszeit der *Angewandten Erinnerungen* und auch später gern und häufig bezog. *Denk ich an Deutschland in der Nacht, dann bin ich um den Schlaf gebracht. Das Wort ist von Heine, seit 1933 sein meist angeführter Ausspruch*[2], heißt es in der *Insel* über Vigoleis.

… manchmal habe ich sehr glückliche tage, vor allem wenn ich deprimiert bin, und daran fehlt es mir jetzt nicht[3], schrieb Thelen 1941 aus Portugal an Barbara und Peter Jud. Was ihn zusätzlich zu den Verheerungen, die Deutschland über Europa gebracht hatte, belastete, war die Tatsache, daß er der einzige in seiner Familie war, der sich von der Nazibarbarei distanzierte. *Der ganze Thelen-Stall war braun; meine Mutter hat Hitler angebetet, wie*

es die kath. Kirche ihr befahl.[4] Sein Bruder Joseph, Landwirt und überzeugter Nazi, ließ sich trotz halber Lunge als arbeitsverwendungsfähig einstufen und hoffte, nach Afrika einberufen zu werden. Nach dem Krieg wiegelte die Mutter wie viele Deutsche ab, die Gaskammern seien *Greuelmärchen der Feinde, und die anderen Völker täten auch nichts taugen!*[5]
Zum erstenmal nach dem Zweiten Weltkrieg reiste Thelen von den Niederlanden aus 1950 wieder nach Deutschland, in ein Land, das sich am Beginn des Wiederaufbau- und Wirtschaftswunderrauschs befand, dessen gesellschaftspolitisches Klima ihm aber als von Ignoranz, Dumpfheit und emotionaler Kälte gezeichnet erschien. Diese *geschäftsreise*, wie er sie in einem Brief an Barbara und Peter Jud ironisch nannte, habe ihn sehr angestrengt, *einer rolle gerecht zu werden, die mir nicht entspricht. ich habe innerlich kein verhältnis zu all diesen so positiven dingen.*[6]
Der Frieden, der ja nur ein Waffenstillstand war, erschien ihm zweifelhaft, und die Aufbauwut war ihm derart suspekt, daß der Ort, den er sich als neuen Fluchtpunkt ausgesucht hatte, gar nicht weit genug entfernt sein konnte: Mal zog er Chile, ein anderes Mal Niederländisch Guyana als Auswanderungsziel in Erwägung. *im laufe der zeit werden wir wohl nach paramaribo übersiedeln. ich betreibe das mit aller energie, die ich für die konservierung unserer bürgerlichen existenz noch übrig habe. denn ein neuer kriegerischer zusammenprall der mächte im zentrum europas scheint uns unvermeidlich. die amerikaner bereiten dem militarismus in deutschland den boden, da sie ja kanonenfutter an ort und stelle brauchen. ein antimilitaristisches westdeutschland hiesse amerikanische jungens an den kriegsschauplatz schicken. dem beugt man vor*[7], schrieb er weiter an die Juds. Es ist deshalb nur konsequent, aber in Anbetracht von Thelens zurückgezogenem

Dasein außerhalb der Bundesrepublik dennoch erstaunlich, daß er sich an dem Aufruf *Gegen die atomare Bewaffnung* im Jahr 1958 beteiligte, den von Ilse Aichinger und Ingeborg Bachmann bis Martin Walser und Wolfgang Weyrauch an die hundert Schriftsteller unterzeichneten. Thelens Besuche in der Bundesrepublik waren rar und beschränkten sich auf die wenigen Male, die er zu Lesungen eingeladen war. 1958 stellte er auf Einladung der Bonner Universität seine Texte vor ausländischen Studierenden vor, 1964 an der TH Stuttgart. Vor jungen Leuten zu lesen bereitete ihm eine besondere Genugtuung, denn er hoffte, auf diese Weise zur Aufklärung und Aufarbeitung der Vergangenheit anzuregen, obwohl er sich nie als Lehrer oder missionarischer Weltverbesserer gerierte. Um so mehr erschütterte es ihn festzustellen, wie wenig die junge Generation von den Greueltaten der Nazis wußte. *Niemand informiert sie, weder die Eltern noch die Lehrer. Denn feige ist diese Bande ja auch noch*[8], schrieb Beatrice 1961 an die Juds. ... *hagens volk* anzugehören, *das mord verübt am bruder und am freunde; dem volk in weizenhaaren*[9], war Thelen ein permanenter Greuel.

Ein Mußdeutscher – kein Musterdeutscher

Für Thelen, der nicht aufhörte, sein Land weiterhin nach alten Resten und neuen Spuren faschistoider Denk- und Verhaltensweisen abzuklopfen, stand schon bald fest, daß er nicht in die Bundesrepublik zurückkehren würde. Seine Staatsbürgerschaft, die er 1941, während der Zeit in Portugal, eingebüßt hatte, weil er sich geweigert hatte, dem Aufruf zum Militärdienst in der Deutschen Wehrmacht Folge zu leisten, hatte er 1951 zurückbekommen, nicht unbedingt zu seinem reinen Vergnügen. ... *ein Mußdeutscher, aber kein Musterdeutscher*, wie er Freunde wissen ließ, denen er eine Traueranzeige über

seine *vollzogene Einmoffung*[10] schickte. Zurückkehren konnte und wollte er dennoch nicht.
Vieles sprach aus seiner Sicht für eine Kompatibilität von Bundesrepublik und Nazideutschland, was ihn veranlaßte, trotzig und unversöhnlich vom *Reich* zu sprechen und zu schreiben, wo die »Bundesrepublik« gemeint war, eine Provokation, die nicht eben zur Hebung seines Ansehens oder seiner Popularität beigetragen haben dürfte. Im Gegenteil: Mit der seinem Wesen eigenen rigorosen Renitenz trug er systematisch zur Verschlechterung seines Verhältnisses zu seinem ungeliebten Vaterland bei. Aber war nicht auch diese bis ins äußerste unversöhnliche und rebellische Antihaltung letztendlich die Kehrseite einer Enttäuschung über die Uneinsichtigkeit und Unmenschlichkeit seines Vaterlandes, ähnlich der Enttäuschung über seine Heimatstadt Süchteln und seine Familie? Auch dies wieder Ausdruck einer fast naiven Hoffnung auf ideale Verhältnisse.
Er habe sich mit seiner Enttäuschung und dem permanenten Gefühl, verfolgt zu sein, verbarrikadiert und den Zugang zur Gegenwart versperrt, meint denn auch der Berliner Pastor Wolf-Dieter Zimmermann, der Thelen in seinem Schweizer Refugium gelegentlich besuchte. Und wenn man ihm nicht beipflichtete oder ihm gar widersprach, geriet man, so erinnert sich Zimmermann, leicht in den Verdacht, selbst zu den »Arrivierten« zu gehören.[11]
Enttäuschend waren die demütigenden und grotesken Erfahrungen, die er im Zusammenhang mit der Beantragung einer Wiedergutmachungsrente machte. Sein 1957 bei der Lastenausgleichsbehörde in Düsseldorf gestellter Antrag lag zunächst lange auf Eis und wurde dann abschlägig behandelt, mit der Begründung, daß man ihm, dem Antragsteller, die Notwendigkeit abspreche, Deutschland verlassen haben zu müssen, da er weder jüdischer Abstammung

noch als Mitglied einer linken Partei in aktuellen Schwierigkeiten gewesen sei, die es zwingend erscheinen ließen, ins Exil zu gehen. Er habe das Dritte Reich *»ohne Not«*[12] bekämpft, lautete der Vorwurf. Die Tatsache, das Dritte Reich überlebt zu haben, schien gegen ihn zu sprechen, so interpretierte es Thelen.

Während Beatrice versuchte, ihn von dem Antrag auf Entschädigung abzuhalten, um sich die zu erwartenden Demütigungen zu ersparen, rechtfertigte er sich mit dem Argument, daß er sich gerade aus Verantwortung für sie und eine mögliche Witwenrente dazu entschlossen habe. Seine Erbitterung nahm noch zu, als er 1961 während des Eichmann-Prozesses, den er von der Schweiz aus mit großem Interesse verfolgte, zur Kenntnis nehmen mußte, *mit welchem politischen anstand, welcher menschlichkeit und hohen juridischen genüge der angeklagte behandelt wird, dieweil man uns schikaniert*[13]. Voll Bitternis beschwert er sich in Briefen an die Juds über die Schamlosigkeit und Frechheit der Behörden, *auf deren anklagebank ich sitze: im neuen deutschen geiste lebt die tiefste abkehr gegen alle emigranten, die das vaterland verraten hätten.* Er berichtet von einer *peinlichen* Rede des Bundespräsidenten Theodor Heuss, der nur solche Leute als Emigranten gelten lasse, *die deutschland verließen, weil ihr leben unmittelbar bedroht war. meines schlages wird nicht einmal erwähnung getan ... den nazis war ich gewachsen, diesen ihren nachfolgern bin ich es nicht, sind es wenige von uns.*[14] 1962 wurde ihm schließlich von der Wiedergutmachungsbehörde in Düsseldorf eine Rente als Verfolgter des Naziregimes zugebilligt. Als er 1967 eine weitere Rente wegen der Verschlimmerung seines chronischen Augenleidens beantragte, wurde er von der Sozialbehörde des Landes Nordrhein-Westfalen aufgefordert, sich von einem Professor der Psychiatrie auf seinen Geisteszustand

untersuchen zu lassen und ein entsprechendes Attest vorzulegen.
Dabei erging es ihm nicht anders als vielen aus dem Exil zurückgekehrten Künstlern, Wissenschaftlern und Schriftstellern. Die Hindernisse, die ihnen in den Weg gelegt wurden, die Unfreundlichkeit und Feindseligkeit, die ihnen entgegengebracht wurden, all das zeigte, wie schwer sich die Bundesrepublik in den 1950er Jahren mit den Menschen tat, die in den Jahren der Nazidiktatur um ihrer Freiheit und Menschenwürde willen Deutschland verlassen hatten. Gerade die, die sich des Mitläufertums nicht verdächtig gemacht hatten, wurden nicht als positive Beispiele willkommen geheißen, sondern von denen, die im Land geblieben waren und sich in die sogenannte »innere Emigration« zurückgezogen hatten, was auch immer das im einzelnen hieß, des Vaterlandsverrats verdächtigt, beargwöhnt und abgelehnt. Es sei nur an die feindselige Aufnahme erinnert, die Marlene Dietrich erfuhr, oder die Ablehnung, die Willy Brandt von dem konservativen Teil der Bevölkerung entgegengebracht wurde.

Auch da war ich ein Außenseiter

Man muß sich das politische und kulturelle Klima der 1950er Jahre vor Augen führen, um zu ermessen, wie die Erfahrungen auf Thelen wirkten, die er im Oktober 1953 während einer Tagung der Gruppe 47 machte. Er war von Hans Werner Richter auf Vorschlag von Adriaan Morriën, dem niederländischen Schriftsteller, Mitbegründer der Gruppe 47 und Preisträger von 1954, eingeladen worden. Am 15. Oktober traf der unbekannte Autor mit seinem Verleger Geert van Oorschot in Bebenhausen ein, um aus seinen *Angewandten Insel*-Erinnerungen zu lesen. Eine »hartgesottene Sportsgruppe« nennt Walter Jens im Rückblick die Gruppe 47 in ihrer Frühphase und erinnert sich noch an den »nicht mehr ganz jungen Herrn, der wie ein fremdes Urgestein wirkte, sehr bedachtsam, sehr höflich, sehr abwägend«. Ein Raunen und stilles Gelächter sei durch die Reihen gegangen, als er von seinem tausendseitigen Werk erzählte. Nur Günter Eich habe seine Bewunderung geäußert für den Kollegen, daß er so etwas wage. »Er las vor«, erinnert sich Walter Jens, »und es war eine andere Sprache im Raum, sehr nobel, sehr zeitlos, nicht avantgardistisch, nicht zugespitzt auf Pointen, sondern gelassen, treibend, also wenn man so will, noch ein Hauch von Musil und dem späten Thomas Mann.«[15]

Für Thelen blieb die Lesung vor der Gruppe 47, einer seiner seltenen Auftritte im offiziellen, wenn auch nur bedingt öffentlichen Literaturbetrieb der jungen Bundesrepublik, eine traumatische Erfahrung, die ihn noch Jahre später in geharnischte Wut versetzte. Schon beim Frühstück habe Richter ihn wegen des dicken Konvoluts seiner *Insel* – er hatte die Druckbogen der zweiten Korrektur mitgebracht – *hochgenommen, er meinte spöttisch, auf das Paket zeigend: Ist das Ihr ganzes Werk? Und das wollen Sie uns nun alles lesen?* Daraufhin, so erinnerte sich Thelen 1988 in seinem Brief an Karin Kiwus von der Akademie der Künste, Berlin, die Thelen um Informationen und Material für eine Ausstellung zu Richters 80. Geburtstag in der AdK gebeten hatte, habe er sich entschlossen, *kein sogenanntes starkes Kapitel, sondern den als schwierig geltenden Introitus* zu lesen. Während der Lesung hatte er, nach eigenem Bekunden, durchaus das Gefühl, daß sein Text mit freundlicher Zustimmung aufgenommen wurde. *In der vorderen Reihe saßen einige Autoren, die geräuschlos klatschten, sich die Hände rieben und mir freundlich zunickten. So kam ich ans Ende – ganz ruhig.* Zu der sonst üblichen Diskussion aber kam es nicht, auch nicht, als Hans Werner Richter, der das

Podium als erster betrat, seinen Verriß mit dem Verdikt beendete, daß es sich bei Thelens altertümelnder Sprache um »Emigrantendeutsch« handele. Richter wurde später zwar von Alfred Andersch und Martin Walser zurechtgewiesen. *Ich aber machte mich davon, ehe der holländische Verleger, den ich holländisch schimpfen hörte, zu mir kommen konnte. Auf dem Schloßhof stellte ich mich in eine Schießscharte oder sowas und kam zu Atem: Emigrant!* Joachim Kaiser und Ingeborg Bachmann versuchten, Thelen zu beschwichtigen, Martin Walser und Alfred Andersch sorgten dafür, daß er beim Mittagessen nicht neben Richter zu sitzen kam, und *[j]emand der Gruppe sagte mir, ich hätte den Vogel abgeschossen, welches Wort ich sogleich nach Amsterdam an Beatrice telegraphierte... Wie Sie sehen*, bekundet er am Ende seines Briefes, *war ich kein Mitglied der Gruppe 47 – auch da war ich ein Außenseiter.*[16]

Im nachhinein rechtfertigte sich Richter mit fadenscheinigen Ausreden, seine Frage sei an die Kritik gerichtet gewesen, »die ich herauslocken wollte, es war die Frage, ob es sich bei dem altertümelnden Deutsch um ein Stilmittel, oder vielleicht um eine Konservierung der Sprache in einem fremden Sprachraum handle? Es mag sein, dass diese Frage unglücklich war, auf keinen Fall aber sollte sie Thelen schaden oder gar herabsetzen, wie es jetzt anscheinend auch von Thelen aufgefasst wird«[17], schrieb Richter am 9. Dezember 1953 an Rolf Schroers, den er seinerseits rügte, Informationen über die zu jener Zeit noch streng unter Ausschluß der Presse stattfindenden Tagungen an den *Spiegel* weitergegeben zu haben. Dort war in einem Artikel unter dem Titel *Kampf gegen die Kartoffel* in der Ausgabe vom 2. Dezember in bewährt polemischer Weise über die Bebenhausener Tagung berichtet worden: »Emigrantendeutsch sagte der Mann auf dem Richter-Stuhl

und sah herausfordernd in die Runde«[18]. Während der Gruppe 47 in diesem Artikel ein »dummer Seitenhieb« – so jedenfalls sah es Hans Werner Richter – erteilt wurde, erfuhr Thelen eine ausgesprochen positive Beurteilung.
Ein ähnliches Geschick war ein Jahr zuvor Paul Celan vor der Gruppe 47 in Niendorf widerfahren. In Celans Nachlaß fand sich ein Exemplar der Erstausgabe der *Insel* – ein Geschenk von Rolf Schroers –, die Celan *»une vraie œuvre d'art«* nannte und worin er mit großem Interesse und außerordentlicher Aufmerksamkeit gelesen haben muß. Davon zeugen die fast 4000 Markierungen und Eintragungen.[19]
Mit seiner Öffentlichkeitsscheu und rigorosen Ablehnung des offiziellen Literaturbetriebs hat Thelen zum Teil selbst zu seiner Außenseiterrolle beigetragen. Aber auch objektiv läßt sich seine Literatur, vor allem *Die Insel des zweiten Gesichts*, nur schwer in den Literaturkanon der bundesrepublikanischen Nachkriegszeit integrieren, weil sie quer lag zu allen vorhandenen Trends. Sie war weder einer christlichen Tradition verpflichtet wie die Werke der älteren Autoren und in modifizierter Weise Heinrich Böll noch antiklerikal-atheistisch im Sinne des von Frankreich importierten Existentialismus, weder traditionalistisch wie die naturlyrischen Dichtungen von Rudolf Alexander Schroeder oder Ernst Wiechert noch nüchtern und karg wie die für die unmittelbare Nachkriegszeit typische, an Hemingway und der amerikanischen Kurzgeschichte orientierte Kahlschlagprosa und schon gar nicht auf der Suche nach neuen, avantgardistischen Formen wie die Autoren der Gruppe 47. Weder huldigte Thelen einem reinen *l'art pour l'art*-Prinzip, noch schrieb er eine politisch engagierte Prosa, wie sie seit den späten 1960er Jahren verstärkt publiziert wurde.
Auch in die Reihe der Exilautoren ließ sich Thelen nicht

einordnen, deren Rezeption einen besonderen Stellenwert innerhalb der Literaturgeschichte der Nachkriegszeit einnimmt und denen bis in die 1950er Jahre die politische, moralische und emotionale Kompetenz streitig gemacht wurde, über die Verhältnisse in Nazideutschland zu urteilen und zu schreiben. Die weitverbreitete Meinung, es komme denen, die weggegangen waren, nicht zu, sich über diese Zeit und die begangenen Verbrechen zu äußern, führte dazu, daß manch einer der zurückgekehrten Autoren Westdeutschland bald wieder verließ. Wie Hans Sahl, dessen erster Versuch einer Rückkehr in die Bundesrepublik in den 1960er Jahren kläglich gescheitert war. Erst in seinen letzten Lebensjahren wurde er in der Bundesrepublik mit großem Wohlwollen empfangen und, Ende der 1980er Jahre, mit Ehrungen überschüttet. Für Hans Sahl, der wie Thelen im Alter erblindete, hatte das Schreiben in der Emigration eine *raison d'être* bedeutet, die einzige Möglichkeit zu überleben. »Solange man schrieb, lebte man noch, solange man schrieb, hatte Hitler noch nicht gesiegt« und »die Geschichte meiner Generation ist die Geschichte eines Irrtums, oft mit tödlichem Ausgang«[20], heißt es in seinem autobiographischen Roman *Das Exil im Exil*.

Wie für Sahl hat auch für Thelen die Sprache die Funktion der Heimat übernommen. Während jedoch im Falle Hans Sahls die Trauer über die Brutalität der Geschichte den Umgang mit seiner Sprache erschwerte, hat Thelen gerade aus der tragischen Distanz, die die Entwurzelung mit sich brachte, eine hohe Sprachvirtuosität entfaltet. Auch er selbst meinte gelegentlich, seine Sprache sei gerade dadurch, daß er Deutschland verlassen habe, reicher geworden.

Ein fruchtbares Ärgernis

Ein halbes Jahr nach dem Auftritt vor der Gruppe 47 reiste Thelen wieder in die Bundesrepublik. Diesmal war er nach Berlin eingeladen worden, um für *Die Insel des zweiten Gesichts* den Fontane-Preis aus den Händen des Berliner Kultursenators Joachim Tiburtius in Empfang zu nehmen.

Ein Sonntagnachmittag, Mitte März 1954. Flughafen Tempelhof. Thelen und seine Gattin sind soeben gelandet, der Verleger Peter Diederichs und seine Frau sind mit ihrem VW nach Berlin gekommen. Sie gehören ebenso zu dem kleinen Empfangskomitee wie eine Senatsrätin, die die soeben Gelandeten an der Zollbarriere mit einem Blumenstrauß erwartet. Als Diederichs sich höflich dafür bedankt, daß die Senatsrätin eigens an einem Sonntagnachmittag zum Empfang an den Flughafen gekommen sei, erhält er zur Antwort: *Ach, Herr Diederichs, einer muß es ja schließlich machen. Das war wie eine kalte Dusche*, erinnerte sich Thelen noch Jahre später, *doch wurde ich sofort milde gestimmt, als sie ... auf mich zukam, – sie hatte mich im ärmlichen, an den Ärmeln ausgefransten Regenmantel, eine Baskenmütze auf dem Kopf, wo dö Nopp all van woer, sofort erkannt: das muß der Ehrengast der Stadt Berlin sein!* Zwei Übernachtungen im Hotel am Steinplatz mit Frühstück wurden dem Preisträger und seiner Gattin gewährt. Bei der Ankunft im Hotel nimmt der Portier die Senatsrätin zur Seite: *Haben Sie den Herrschaften schon mitgeteilt, daß es sich bei den zwei Übernachtungen mit Frühstück um Frühstück ohne Ei handelt?*[21] Die gemeinsame Fahrt zu fünft durch die Stadt mit Besichtigung der Mauer, des *Blutlimes*, wie Thelen sie nannte, scheiterte an der »Dienstfahrtanweisungsgewichtstabelle«, an die sich der Chauffeur des Dienstwagens zu halten hatte. So erbot sich Thelen, zu Fuß zum

Rathaus Schöneberg zu gehen, wo der Preis überreicht werden sollte, wäre da nicht Peter Diederichs mit seinem eigenen VW gewesen – neuer Stoff für Vigoleissche *Erinnerungen.*

Die im *Kurier* vom 31. März 1954 als »launig«[22] charakterisierte Festrede des Kultursenators ist im Berliner Landesarchiv nicht mehr auffindbar. Überliefert ist nur, daß er Thelen als »fruchtbares Ärgernis« bezeichnete, eine Formulierung, die der so Geehrte nicht gerade als schmeichelhaft empfand. Der Kritiker Hans Schwab-Felisch, der zu der siebenköpfigen Jury gehörte, hatte Thelen als Kandidaten vorgeschlagen. Nominiert worden waren außerdem Autoren von unterschiedlichster literarischer Qualität, von der zu Recht vergessenen schlesischen Heimatschriftstellerin Ruth Hoffmann über Ilse Aichinger, Paul Schallück, Rolf Schroers und Siegfried Lenz bis zu Paul Celan. Angeführt wurde die Liste der Kandidaten von Heinz Risse, einem Modeschriftsteller der 1950er Jahre, der ein opulentes Werk aufzuweisen hatte. Einmal jährlich erschien »ein neuer Risse« auf dem Markt. Von den sieben Preisrichtern entschieden sich fünf für Thelen als einzigen Preisträger, eine Stimme war eindeutig gegen Thelen, und eine wollte den Preis zwischen Thelen und Paul Celan splitten.

Schwab-Felisch hatte Thelen nahegelegt, einen Artikel in einer Berliner Zeitung zu plazieren, um sich bekannt zu machen, wie Thelen aus Berlin an die Juds schrieb, *ein feines, hochgebildetes sandwich von vier seiten ... nicht, daß man die insel nicht ernst nähme, aber nun sei es erwünscht, daß ich mich dem publikum schnell nicht als don quijote, sondern olympisch, als thomas mann zeige.*[23] Weder dieser Artikel noch ein Theaterstück für das Berliner Schillertheater, das ihm von offizieller Seite als Auftrag in Aussicht gestellt worden war, kam jedoch zustande.

Mondritter Vigoleis

Auch was die Veröffentlichung seiner Texte angeht, stieß Thelen zum Teil auf politisch bedingte Ablehnung. Die Erzählung *Der magische Rand* wurde von Kurt Desch 1962 mit der inhaltlichen Begründung abgelehnt, *man habe dazu keinen Zugang*, *Glis-Glis* von Diederichs mit der Begründung: *ein echter Vigoleis... aber kein Geschäft*[24]. Ein Kapitel aus dem Fortsetzungsband der *Angewandten Erinnerungen*, die Beschreibung der Flucht von Vigoleis und Beatrice durch das Franco-Spanien nach Portugal, mit dem Thelen 1966 durch mehrere Städte der Bundesrepublik »tourte« – eine der seltenen Lesereisen, die er unternahm –, sollte im *Merkur* unter dem Titel *Die geweiste Flucht* abgedruckt werden. Der Redakteur war von dem Text begeistert. *...dann kam der kalte Schlag.* Von seiten des Verlags wurde Thelen aufgefordert, gewisse Passagen zu streichen oder zu ändern, weil der neue Verleger des *Merkur*, Ernst Klett, eine Festschrift für Hans Speidel herausgegeben habe und mit Ernst Jünger befreundet sei. *...da müsse er gewisse Taktrücksichten nehmen!!!!!!* Man mute ihm zu, *auf Franco Rücksicht zu nehmen.* Nachdem das Manuskript redigiert und neu gesetzt worden war, verweigerte Thelen die Druckgenehmigung. *Ich habe alles zurückgezogen. Wie könnte ich vor diesen Leuten in die Knie gehen!*[25] Ein späterer Versuch des Verlegers, sich für diese Schlappe zu entschuldigen, verlief im Sande, auch der angekündigte Besuch Kletts in Blonay fand nicht statt.

Da kam eine Ehrung gerade recht, die Thelen hoch erfreute, weil sie wie auf ihn zugeschnitten war: der Doctor humoris causa, der ihm 1967 von der »hochmögenden Narrenakademie der Monduniversität zu Dülken« verliehen wurde. Auch der Zeitpunkt konnte nicht besser gewählt sein, denn gerade war von der Wiedergutma-

chungsbehörde in Düsseldorf ein Gutachten über seinen Geisteszustand angefordert worden. *Sie können sich denken, wie es in Düsseldorf einschlägt, wenn der geistig angezweifelte Autor Vigoleis nun auch noch Mondritter wird*[26], schrieb er an Günther Perdelwitz, den Rektor der Narrenakademie. Als Doktorarbeit sollte er das Originalmanuskript der *Insel des zweiten Gesichts* vorlegen.
seit kiesingers machtergreifung wieder reichs-scheu geworden[27], erschien es ihm allerdings zu diesem Zeitpunkt unmöglich, in die Bundesrepublik zu reisen. So fand die Übergabe der Doktorwürde am 17. September 1967 in La Colline in Blonay statt: Eine Abordnung von sieben Honoratioren war aus Dülken angereist. Beatrices in Basel lebender Bruder, Professor Albert Bruckner, Peter Diederichs, ein Professor aus Lissabon mit seinem Assistenten sowie die Witwe des russischen Philosophen Jakob Klatzkin waren als Gäste anwesend.
Thelen hielt eine mehr kauzige als honorige, dem Anlaß aber durchaus angemessene Rede, ein neues Kabinettstück seiner ausschweifenden Prosa voll Ironie und tieferer Bedeutung, die Rede eines traurigen Humoristen, vom fragilen, von Trauer und Komik umflorten Textgebäude herab. Er überreichte der Akademie das Originalmanuskript der *Insel* mit Ausnahme von fünf Seiten, die er dem Germanistischen Institut der Freien Universität Berlin anläßlich der Verleihung des Fontane-Preises geschenkt hatte, mit der Bitte, der *Kleistermeister der Narrenmühle* möge eine Schachtel für das Dissertationsmanuskript bauen, damit sie *hoffentlich nie mehr ein Raub der Flammen wird. Diese Bitte entspringt einer höheren Weisheit, und Weisheit, Erleuchtung, sind die Zeichen Eurer Mond-Universität, Zeichen des Lichts, das auch die Monderoberer nicht zum Erlöschen bringen; dann nicht, es sei einschränkend und der Vorsicht halber gesagt, wenn*

wir hier, sublunar, die Flamme hüten, sei es als Dichter, sei es als Wächter des Grals; und wir hätten Utopia hienieden, ganz für uns, für den kleinen Kreis der närrischen Geister …[28] Ein Sektfrühstück mit »Senatorpastetchen« hatte die Dame des Hauses vorbereitet. Beatrice sorgte auch für die musikalische Umrahmung am Flügel. Am Schluß der Feier spülte Diederichs das Geschirr, während Thelen, den gerade erworbenen Doktorhut auf dem Kopf, das Zimmer fegte.

Wäre ich ein Mauseichhorn

Auch in den späten 1960er bis in die 1970er Jahre registrierte Thelen seismographisch genau, wie viele frühere Mitläufer im Nachkriegsdeutschland inzwischen wieder in Amt und Würden waren. Ein für ihn skandalöses Beispiel war Kurt Georg Kiesinger, 1967 Bundeskanzler der Großen Koalition, dessen braune Vergangenheit unter den Tisch gekehrt wurde. Auch die Art der Berichterstattung, die Ungebrochenheit, mit der man sich weiterhin der *lingua tertiae imperii*, der Sprache des Dritten Reiches, bediente, bestärkten Thelen in seiner Überzeugung, daß viele Menschen in diesem Teil Deutschlands gar nicht willens seien, sich mit der Zeit des Nationalsozialismus auseinanderzusetzen. Aus der Unfähigkeit zu trauern waren sie zu routinierten Verdrängern geworden.

Seine Skepsis gegenüber den Politikern traf Rechte wie Linke gleichermaßen. Willy Brandts Bemühungen um diplomatische Beziehungen mit der Sowjetunion erinnerten ihn an frühere unselige deutsch-russische Verträge. *Drei solcher Pakte in einem halben Jahrhundert kann sich Dtld. nicht leisten. Dieses Seiltanzen im Zirkus des Weltunheils hat ihn* [gemeint ist Brandt, d. A.] *so zermürbt, daß ein kleiner Ast genügte, und er straucht*, schrieb Thelen an Richard Franke, gestand dann aber doch sein Bedauern, daß ausgerechnet Brandt 1974 wegen der Guillaume-Affäre zum Rücktritt gezwungen gewesen sei. Er sah es als symptomatisch an für die Bundesrepublik, *daß man dem höchsten Manne eines Weltstaates zumutet, Zuhälter in einer Spionage-Sache zu sein … Warum hat er sich das bieten lassen? Nun wird er obendrein noch mit Dreck beworfen. Zwei saubere Leute treten ab, Brandt und Heinemann; an ihre Stelle treten zwei Männer, deren braune Vergangenheit rundheraus peinlich ist. Denk ich an Deutschland in der Nacht, so bin ich um den Schlaf gebracht. Wäre ich ein Mauseichhorn, dann ginge es mir besser.*[29]

Mit zunehmendem Alter zog sich Thelen nicht nur geographisch, sondern auch mental stetig weiter von der Welt zurück. Aus dem Sonderling und Eigenbrödler wurde ein regelrecht Weltflüchtiger, der, mal belustigt, mal verdrossen, auf die politischen und wirtschaftlichen Entwicklungen blickte, mit denen er nichts mehr zu tun haben wollte. Und manches Mal fehlte ihm der Überblick, die politischen Ereignisse in all ihrer Tragweite zu verstehen und einschätzen zu können. So stand er der Apo-Bewegung mit derselben ablehnenden und hämischen Haltung gegenüberstand wie der offiziellen Politik. … *nachdem es der Bundespolizei gelungen ist, Marcuses emsigsten Schüler und Mordbrenner ins Gesäß zu schießen, können sie drüben alle wieder etwas ruhiger umhergehen, ob auch die Ulrike noch ihr philosophisch-menschenfeindliches Unwesen treibt …*[30], äußerte er in einem Brief an Richard Franke. Herbert Marcuse selbst, den er 1969 in Genf lesen gehört hatte, nannte er den *père des enragés*. Er sei beim Betreten des Saals bejubelt worden wie eine *primadonna, tumultuös, doch enttäuschte sein akademisch-verworrener vortrag sowohl die gegner wie die anhänger seiner abstrusen lehren*[31].

Die unter dem Einfluß der gesellschaftlichen Veränderungen sich immer stärker politisierende Literatur der 1970er Jahre stieß bei Thelen denn auch auf massive Ablehnung. *Das Gesellschaftspolitische als Aufblähung des Kulturbegriffs bedeutet doch nichts anderes, als die Kultur eines Landes zum blinden Darm der geistigen Verdauung zu machen*[32], schrieb er 1974 an den Verleger Georg Olms. Für ihn als Sprachalchimisten und Wortesammler war die Sprache viel mehr als ein Mittel politischer oder gesellschaftlicher Auseinandersetzung, sie war nicht nur sein Metier, sondern Ziel und Zweck der Dichtung.
Fazit hieß eine 1972 von Herbert Reinoß herausgegebene Anthologie mit Texten von Autoren, die um die Wende vom 19. zum 20. Jahrhundert geboren waren, also beide Weltkriege erlebt hatten. Im Nachwort stellte der Herausgeber jedem der beteiligten Autoren, darunter auch Thelen, vier Fragen zu ihrer literarischen Herkunft und ihrer Einstellung zur zeitgenössischen Literatur. Aus Thelens Antworten wird einmal mehr deutlich, daß er von einer Indienstnahme der Literatur für gesellschaftspolitische Zwecke nichts hielt. Eine solche führe zu einem *geistigen Ergastulum, mit der Kugel am Fuß; an der Kugel befindet sich dann ein Handgriff, der das Herumschleifen erleichtert.* Natürlich fehlen auch hier wieder nicht Vorwurf und Klage über die Gepflogenheiten des derzeitigen Literaturbetriebs. *Wer sich indessen, wie ich es halte, zurückzieht auf die Sprache und deren Mittel, setzt sich immer mehr dem Argwohn sprachlich völlig unbelobter Verlags-Instanzen aus, die den literarischen Verkehr für die Schrannen des lauten Marktes regeln, – und so fällt Sprache zurück in die Stille.*
Auf die Frage, welcher literarischen Richtung er angehöre, antwortete er: *Heimatlos seit mehr als vier Jahrzehnten, bin ich meine Heimat selbst; und in diesem Sinne darf ich*

wohl sagen, als Schreibender in der Immanenz des gelebten Wortes meine eigene Tradition zu sein; dies freilich seit mehr als einem Halbjahrhundert.[33]

Im Windwart der Sprache

Ewiger Emigrant, Kosmopolit und keiner Nation zugehörig, ein »Außenseiter in der Fremde« (Hans Sahl), diente Thelen die Arbeit mit der Sprache zur Selbstvergewisserung und wurde im Laufe der Zeit zu seinem wichtigsten Lebenselixier. Adriaan Morriën, der niederländische Autor, der Thelen einst zur Gruppe 47 gebracht hatte, hat Thelen denn auch zu Recht einen Verbannten genannt, »für den das Vaterland noch erfunden werden muß«[34].

Anfang der 1980er Jahre erinnerte man sich seiner wieder in der niederrheinischen Heimat und überschüttete ihn, den Hochbetagten, mit Ehrungen. 1984 überreichte ihm der damalige Ministerpräsident Johannes Rau die Urkunde, in der ihn das Ministerium für Wissenschaft und Forschung des Landes Nordrhein-Westfalen zum Professor h. c. ernannte. Das Abitur honoris causa des humanistischen Gymnasiums der Stadt Viersen war dem ehemals als *nationaler Dummkopf* der Schule Verwiesenen bereits 1954 zuerkannt worden, in dem Jahr, in dem er den Fontane-Preis erhalten hatte. 1985 wurde ihm in Lausanne als Würdigung für sein literarisches Gesamtwerk der Ehrenring der Stadt Viersen überreicht. Die Ehrenmitgliedschaft im deutschen PEN lehnte er allerdings aus tiefster Überzeugung ab. Schließlich folgte noch das Bundesverdienstkreuz Erster Klasse, das ihm vom Bundespräsidenten Richard von Weizsäcker am 29. Oktober 1985 verliehen wurde: *... ein BPräs, der sich für einen »unbequemen« Autor einsetzt, das ist hoffnungsvoll, und hat meine Haltung gegen das »Reich« geändert: Ich kehre er-*

leichtert in die Heimat zurück, – wenn's soweit ist.[35] Als Dank und kleines Zugeständnis schrieb er hier einmal das »*Reich*« in Anführungsstrichen.

Ein Jahr später war es dann soweit: Für das alte Paar war das Leben in der Etagenwohnung über dem Genfer See zu beschwerlich geworden. Nachdem Thelen den bevorstehenden Umzug nach Dülken immer wieder hinausgezögert hatte, kehrte der »Picaro vom Niederrhein« mit seiner Beatrice im Herbst 1986 auf *angestammten Boden* zurück. Trotz der Sympathiebekundungen, die ihm und Beatrice nun von vielen Seiten entgegengebracht wurden, mutet diese spät erzwungene *Einmoffung* wie eine boshafte Ironie des Schicksals an, die Rückkehr in die Falle eines Vaterlands, dem Thelen zeitlebens Antipathie, Skepsis und Angst vor dem *Wortuntergang* entgegengebracht hatte.

Windwart

Im Windwart der Sprache
Verfliegt auch dein gebrochenes Wort
Auf sedimentärem Geflöte die Brache
Lüge pflanzt wortlos sich fort
Das ist eine Hoffnung für alle,
die bangen um Wortuntergang,
kein Kuckuck geht in die Falle,
erscheint das Nest ihm zu kurz oder zu lang.[36]

Ein Postskriptum

Glücklichsein ist eine Kunst. Die wenigsten Menschen beherrschen sie. Wirklich glückliche Menschen sind so selten wie Christen, die an Gott glauben[1], sinniert Vigoleis im Ersten Buch der *Insel des zweiten Gesichts*, zu einem Zeitpunkt, als er nicht gerade vom Glück geschlagen war. Auch Thelen hat es in der Kunst des Glücklichseins nicht zu allzu großer Meisterschaft gebracht.

»Umbrarum hic locus est, somni, noctisque soporae« (Dies ist der Ort der Schatten, des Traumes und der schlafbringenden Nacht), hat er als Motto seinen *Erinnerungen* vorangestellt. Der Gedanke an den Tod war von früher Jugend an sein ständiger Begleiter. Das beweist auch das Kreuz hinter seinem Namen, mit dem er seit der Zeit in Portugal seine Briefe unterzeichnete. Wie alle außergewöhnlichen, mit besonderen Fähigkeiten begabten Menschen hat er es weder sich noch seinen Mitmenschen leichtgemacht. Seine in vielen Briefen zum Ausdruck kommende kritische oder auch nörgelnde Art mag manche Adressaten an den Rand der Geduld gebracht, seine Unversöhnlichkeit und Schroffheit manchen vor den Kopf gestoßen, seine Weltfremdheit in späteren Jahren manchen irritiert oder belustigt haben.

Entschädigt wurden sie alle durch seine Freude am Fabulieren, am Palavern, am »Bafeln«, wie es der tschechische Dichter Bohumil Hrabal nannte, durch seinen treffsicheren Witz, die Vielfältigkeit und Prächtigkeit seiner Sprache. Denn als Dichter, als Fabulierkünstler und Sprachmagier hat er es zu wahrer Meisterschaft gebracht. Und daß das nicht ohne Preis zu haben ist, wußte schon Don Quijote: *Will es jemand in der Literatur zu etwas brin-*

gen, sagt Don Quijote, so kostet es ihn Zeit, durchwachte Nächte, Hunger und Nacktheit; es kostet ihn Schwindel im Kopf und Verrenkungen des Magens und andere Dinge mehr, die mit den genannten Symptomen zusammenhängen.[2]

Anmerkungen

Das Phänomen Thelen Seite 7

[1] Alle im folgenden nicht eigens ausgewiesenen Zitate sind Albert Vigoleis Thelen, *Die Insel des zweiten Gesichts. Aus den angewandten Erinnerungen des Vigoleis* © 1981, 1992 Claassen Verlag, Hildesheim entnommen.

[2] Zit. nach: Klaus Antes, *»Ein Merkwürden aus Prinzip«. Erinnerungen an Albert Vigoleis Thelen und seine Beatrice.* In: Jürgen Pütz (Hg.), *Lauter Vigoleisiaden oder: Der zweite Blick auf Albert Vigoleis Thelen.* In: *die horen* 199 (2000), S. 13

Im Schattendämmer der Kathedrale Seite 13

[1] Thelen, *Insel*, a. a. O., S. 15

[2] Thelen, *Insel*, a. a. O, S. 21

[3] Brief an Germà García i Boned vom 8. 4. 1983, zit. nach: *die horen* 199 (2000), S. 222

[4] Thelen, *Insel*, a. a. O., S. 30

[5] Thelen, *Insel*, a. a. O., S. 9

[6] Legatum Thelens aus Anlaß der Verleihung der Doktorwürde humoris causa, zit. nach: Horst Winz (Hg.), *Hommage à Albert Vigoleis Thelen.* Mit e. Vorw. v. Walter Delabar. Mönchengladbach: Juni-Verlag 1989, S. 47

[7] Thelen, *Insel*, a. a. O., S. 279

[8] Thelen, *Insel*, a. a. O., S. 9

[9] Brief an Victor Emmanuel van Vriesland vom 8. 8. 1931, zit. nach: Michael Neumann, *Der pikarische Moralist. A. V. Thelens antifaschistischer Roman »Die Insel des zweiten Gesichts«*. Wiesbaden: Dt. Universitäts-Verlag 2000, S. 167

[10] Thelen, *Insel*, a. a. O., S. 39

[11] Thelen, *Insel*, a. a. O., S. 102

[12] Brief an Victor Emmanuel van Vriesland vom 8. 8. 1931, zit. nach: Neumann, *Der pikarische Moralist*, a. a. O., S. 169

[13] Thelen, *Insel*, a. a. O., S. 15 u. 74

[14] Thelen, *Insel*, a. a. O., S. 154

[15] Ria Hess, *Untersuchungen zu Albert Vigoleis Thelens »Die Insel des zweiten Gesichts«*. Frankfurt a. M./Bern/New York/Paris: Verlag Peter Lang 1989, S. 177 u. 176

[16] Thelen, *Insel*, a. a. O., S. 157

[17] ebd.

[18] Thelen, *Insel*, a. a. O., S. 523

[19] Thelen, *Insel*, a. a. O., S. 869

[20] Thelen, *Insel*, a. a. O., S. 377

[21] Thelen, *Insel*, a. a. O., S. 203 f.

[22] Thelen, *Insel*, a. a. O., S. 203 u. 242

[23] Thelen, *Insel*, a. a. O., S. 203

[24] Heinz Beckmann, *Der quijoteske Vigoleis. Zu einem beschämenden Bucherfolg.* In: *Rheinischer Merkur*, 29. 10. 1954

[25] Thelen, *Insel*, a. a. O., S. 245

[26] Thelen, *Insel*, a. a. O., S. 431

[27] Thelen, *Insel*, a. a. O., S. 502

[28] Thelen, *Insel*, a. a. O., S. 728

[29] Thelen, *Insel*, a. a. O., S. 847; Harry Graf Kessler, *Tagebücher 1918–1937*. Hg. v. Wolfgang Pfeiffer-Belli. Frankfurt a. M.: Insel Verlag 1961, S. 732

[30] Thelen, *Insel*, a. a. O., S. 854

[31] Thelen, *Insel*, a. a. O., S. 855

[32] Albert Vigoleis Thelen, *Briefe an Teixeira de Pascoaes*. Bonn: Weidle Verlag 2000, S. 139

[33] Thelen, *Insel*, a. a. O., S. 857

[34] Thelen, *Insel*, a. a. O., S. 882

[35] Thelen, *Insel*, a. a. O., S. 382

[36] Thelen, *Insel*, a. a. O., S. 561

[37] Thelen, *Insel*, a. a. O., S. 396

[38] Thelen, *Insel*, a. a. O., S. 400

[39] Thelen, *Insel*, a. a. O., S. 705

[40] Thelen, *Insel*, a. a. O., S. 570 f.

[41] ebd.

[42] Thelen, *Insel*, a. a. O., S. 575

[43] Thelen, *Insel*, a. a. O., S. 715

[44] Thelen, *Insel*, a. a. O., S. 539

[45] Thelen, *Insel*, a. a. O., S. 869

[46] Thelen, *Insel*, a. a. O., S. 871

[47] Thelen, *Insel*, a. a. O., S. 869 f.

[48] Thelen, *Insel*, a. a. O., S. 875

[49] ebd.

[50] Thelen, *Insel*, a. a. O., S. 899

[51] Thelen, *Insel*, a. a. O., S. 899 f.

[52] Brief an Pedro Sureda und Catalina Cañellas vom 17. 5. 1976

[53] Thelen, *Insel*, a. a. O., S. 914

Schelm und Gottsucher in einer Gestalt Seite 43

[1] Thelen, *Insel*, a. a. O., S. 837 f.

[2] Thelen, *Im Gläs der Worte*. Gedichte. Düsseldorf: claassen Verlag 1979, S. 67

[3] Teixeira de Pascoaes, *Napoleon. Spiegel des Antichrist*. Aus d. Portug. u. mit e. Text zu Pascoaes v. Albert Vigoleis Thelen. Hg. u. mit e. Nachw. v. Michael Thelen. Mit e. Einf. v. Orlando Grossegesse. Bonn: Weidle Verlag 1997, S. 489

[4] Thelen, *Insel*, a. a. O., S. 838

[5] ebd.

[6] Thelen, *Briefe an Teixeira de Pascoaes*, a. a. O., S. 41

[7] Thelen, *Briefe an Teixeira de Pascoaes*, a. a. O., S. 23

[8] Thelen, *Insel*, a. a. O., S. 839

[9] Thelen, *Briefe an Teixeira de Pascoaes*, a. a. O., S. 29

[10] Thelen, *Briefe an Teixeira de Pascoaes*, a. a. O., S. 23

[11] Thelen, *Briefe an Teixeira de Pascoaes*, a. a. O., S. 46 f.

[12] Teixeira de Pascoaes, *Paulus. Der Dichter Gottes*. Zürich/Leipzig: Rascher Verlag 1938, S. IX

[13] Thelen, *Briefe an Teixeira de Pascoaes*, a. a. O., S. 56

[14] Brief an Barbara und Peter Jud vom 7. 12. 1941 (Deutsches Literaturarchiv, Marbach a. N.)

[15] Thelen, *Im Gläs der Worte*. Gedichte © 1979 by claassen Verlag GmbH, Düsseldorf, S. 35

[16] Thelen, *Briefe an Teixeira de Pascoaes*, a. a. O., S. 103

[17] Thelen, *Insel*, a. a. O., S. 838

[18] Albert Vigoleis Thelen, *Nachwort*. In: Teixeira de Pascoaes, *Hieronymus. Der Dichter der Freundschaft*. Aus d. Portug. v. Albert Vigoleis Thelen. Zürich: Rascher Verlag 1942, S. 379

Literarische Freunde aus Amsterdam Seite 57

[1] Zit. nach: Paul Eßer, *Jenseits der Kopfweiden*. Sprache und Literatur am Niederrhein. Düsseldorf 2002, S. 16 © Verlag Kiepenheuer & Witsch, Köln

[2] Thelen, *Insel*, a. a. O., S. 835

[3] Thelen, *Insel*, a. a. O., S. 25

[4] ebd.

[5] Thelen, *Insel*, a. a. O., S. 540 f.

[6] Albert Vigoleis Thelen, *Die Literatur in der Fremde*. Literaturkritiken. Hg., aus d. Niederl. übers. u. mit e. Vorw. v. Erhard Louven. Bonn: Weidle Verlag 1996, S. 20

[7] Thelen, *Die Literatur in der Fremde*, a. a. O., S. 26

[8] Thelen, *Die Literatur in der Fremde*, a. a. O., S. 9

[9] Thelen, *Insel*, a. a. O., S. 541

[10] Thelen, *Literatur in der Fremde*, a. a. O., S. 90 f.

[11] Zit. nach: Hans Daiber, *Der Autor als Diebsverbeller*. Besuch bei Albert Vigoleis Thelen. In: *die horen* 134 (1984), S. 10

[12] Hans Ester, *Gespräch mit Albert Vigoleis Thelen*. In: Jattie Enklaar/Hans Ester (Hg.), *Albert Vigoleis Thelen*. Amsterdam: Rodopi 1988, S. 13 (übers. v. C. St.)

[13] Zit. nach: Willem Aalten van den Broek, *»Paulus der Dichter Gottes«. Die Geschichte einer Übersetzung*. In: Jürgen Pütz (Hg.), *In Zweifelsfällen entscheidet die Wahrheit*. Beiträge zu Albert Vigoleis Thelen. Viersen: Juni-Verlag 1988, S. 125

[14] Hans Ester, *Gespräch mit Albert Vigoleis Thelen*. In: Enklaar/Ester (Hg.), *Albert Vigoleis Thelen*, a. a. O., S. 14 (übers. v. C. St.)

[15] Zit. nach: Daiber, *Der Autor als Diebsverbeller*. In: *die horen* 134 (1984), S. 10

[16] Maarten 't Hart, *»Man muß schon selbst die Zeit schlagen…«* Ein Besuch bei Albert Vigoleis Thelen. In: *die horen* 199 (2000), S. 69

[17] Brief an Johanna Thelen am 19. 3. 1947, zit. nach: *die horen* 199 (2000), S. 153

[18] 't Hart, *»Man muß schon selbst…«* In: *die horen* 199 (2000), S. 71

[19] Thelen, *Portret van Mallorca*. Brief an E. du Perron vom 27. 7. 1933. In: *Forum*, Jg. II, H. 11 (1933)

[20] Adriaan Morriën, *Zu Gast bei Albert Vigoleis Thelen*. In: *die horen* 168 (1992), S. 12

[21] Pierre H. Dubois, *De »Fröhliche Weltverneinung« van Albert Vigoleis Thelen*. In: Enklaar/Ester (Hg.), *Albert Vigoleis Thelen*, a. a. O., S. 4 (übers. v. C. St.)

[22] Brief an Barbara und Peter Jud vom 20. 3. 1952

[23] Dubois, *De »Fröhliche Weltverneinung«*. In: Enklaar/Ester (Hg.), *Albert Vigoleis Thelen*, a. a. O., S. 4 (übers. v. C. St.)

[24] Brief an Joseph Thelen vom 13. 7. 1939, zit. nach: *die horen* 199 (2000), S. 144

[25] *Amsterdam. Merian*, 12. Jg., H. 10 (1959), S. 36

Stille Tage im Murpfli Seite 75

[1] Brief an Bircher vom 17. 7. 1949 (Deutsches Literaturarchiv, Marbach a. N.)

[2] Brief von Bircher an Thelen vom 10. 2. 1950

[3] Brief an Bircher vom 6. 1. 1950

[4] Brief an Barbara und Peter Jud vom 5. 9. 1951

[5] Brief an Bircher vom 29. 10. 1955

[6] Brief an Bircher vom 6. 8. 1950

[7] ebd.

[8] ebd.

[9] Brief an Bircher vom 10. 12. 1950

[10] ebd.

[11] Brief an Toni Schüler vom 10. 9. 1954

[12] Brief an Bircher vom 25. 10. 1954

[13] Brief an Barbara und Peter Jud vom 5. 3. 1953

[14] 't Hart, *»Man muß schon selbst…«* In: *die horen* 199 (2000), S. 71

[15] Albert Vigoleis Thelen, *Der magische Rand*. Eine abtriftige Geschichte. Viersen: Juni-Verlag 1988, S. 57

[16] Albert Vigoleis Thelen, *Poetische Märzkälbereien*. Gesammelte Prosa. Hg. v. Werner Jung. Mönchengladbach: Juni-Verlag 1990, S. 146

[17] ebd.

[18] Thelen, *Poetische Märzkälbereien*, a. a. O., S. 147

[19] Thelen, *Poetische Märzkälbereien*, a. a. O., S. 149

[20] ebd.

[21] Brief an Ludwig Thelen vom 4. 11. 1954, zit. nach: *die horen* 199 (2000), S. 175

[22] Brief an Karl Otten vom 25. 2. 1957, zit. nach: *die horen* 199 (2000), S. 237

[23] Brief an Günther Perdelwitz vom 5. 8. 1971, zit. nach: Winz (Hg.), *Hommage à Albert Vigoleis Thelen*, a. a. O., S. 65

[24] Brief an Karl Otten vom 25. 2. 1957, zit. nach: *die horen* 199 (2000), S. 236 f.

[25] Brief an Richard Franke vom 15. 12. 1969 (Deutsches Literaturarchiv, Marbach a. N.)

[26] Brief an Richard Franke vom 23. 1. 1970

[27] Brief an Richard Franke vom 28. 11. 1972

Das bekannte Rindvieh Seite 91

[1] Gespräch mit Hans Schwab-Felisch zum 70. Geburtstag von Albert Vigoleis Thelen. Westdeutscher Rundfunk, 3. November 1973; vgl. auch *Juni-Magazin*, H. 3 (1988)

[2] Albert Vigoleis Thelen, *Der schwarze Herr Bahßetup*. Roman. Düsseldorf: claassen Verlag 1983, S. 160

[3] Legatum Thelens aus Anlaß der Verleihung der Doktorwürde humoris causa, zit. nach: Winz (Hg.), *Hommage à Albert Vigoleis Thelen*, a. a. O., S. 49

[4] Gespräch mit Schwab-Felisch, a. a. O.

[5] Brief an Barbara und Peter Jud vom 20. 3. 1952

[6] Brief an Geert van Oorschot, o. D., zit. nach: Pütz (Hg.), *In Zweifelsfällen entscheidet die Wahrheit*, a. a. O., S. 137

[7] Brief an Barbara und Peter Jud vom 21. 1. 1953

[8] Brief an Barbara und Peter Jud vom 5. 3. 1953

[9] Brief an Peter Diederichs vom 5. 10. 1953, zit. nach: *die horen* 199 (2000), S. 168

[10] Brief an Peter Diederichs vom 5. 10. 1953, zit. nach: *die horen* 199 (2000), S. 169

[11] Zit. nach: Germà García i Boned, *La segunda cara de la isla de la segunda cara de Albert Vigoleis Thelen.* Mallorca 1931–1936. Palma de Mallorca: Miquel Font Editor 1998, S. 504 (übers. v. C. St.)

[12] Brief an Peter Diederichs vom 7. 2. 1954, zit. nach: *die horen* 199 (2000), S. 170

[13] Im Gespräch mit Frau Dr. Ulla Helf-Diederichs

[14] Brief an Barbara und Peter Jud vom 16. 2. 1954

[15] Brief an Ludwig Thelen vom 4. 11. 1954, zit. nach: *die horen* 199 (2000), S. 176 u. 175

[16] Brief an Peter Diederichs vom 13. 2. 1956, zit. nach: *die horen* 199 (2000), S. 176

[17] Brief an Peter Diederichs vom 13. 2. 1956, zit. nach: *die horen* 199 (2000), S. 177

[18] Brief an Ludwig Thelen vom 4. 11. 1954, zit. nach: *die horen* 199 (2000), S. 176

[19] Brief an Peter Diederichs vom 13. 2. 1956, zit. nach: *die horen* 199 (2000), S. 177

[20] Aktennotiz vom 3. 8. 1954 (Archiv Eugen Diederichs Verlag)

[21] Brief an Ludwig Thelen vom 4. 11. 1954, zit. nach: *die horen* 199 (2000), S. 176

[22] Karl Heinz Kramberg, *In Heringsgrat wird die Wahrheit zum Zweifel*. In: *Süddeutsche Zeitung*, 30. 9. 1983

[23] Thelen, *Insel*, a. a. O., S. 325

[24] Albert Vigoleis Thelen liest *Die Gottlosigkeit Gottes oder Das Gesicht der zweiten Insel*. Tonträger. Originalaufnahme von 1966. Bremerhaven: edition die horen im Wirtschaftsverlag NW 2000

[25] Thelen, *Bahßetup*, a. a. O., S. 111

[26] Thelen, *Bahßetup*, a. a. O., S. 69

[27] Brief an Karl Otten vom 25. 2. 1957, zit. nach: *die horen* 199 (2000), S. 236

[28] Brief von Schüler an Peter Diederichs vom 11. 10. 1956

[29] Brief von Beatrice Thelen an Dora von Bodenhausen vom 20. 12. 1964

[30] Im Gespräch mit Christian Franke

[31] Brief an Richard Franke vom 3. 4. 1974

[32] Brief an Johanna Thelen vom 15. 2. 1965, zit. nach: *die horen* 199 (2000), S. 202

[33] Brief an Lutz W. [recte] Wolff vom 9. 8. 1970, zit. nach: *die horen* 199 (2000), S. 211

[34] Brief an Erwin Barth von Wehrenalp vom 29. 7. 1981, zit. nach: *die horen* 199 (2000), S. 217

[35] ebd.

[36] Brief an Richard Franke vom 15. 12. 1969

37 Brief von Toni Schüler an Thelen vom 10. 11. 1967, zit. nach: Winz (Hg.), *Hommage à Albert Vigoleis Thelen*, a. a. O., S. 61

38 Albert Vigoleis Thelen, *Glis-Glis*. Eine zoo-gnostische Parabel. Entstanden als Fingerübung eines Seh-Gestörten. Hildesheim/Zürich/New York: Georg Olms Verlag 2001, S. 32

39 Brief an W. Georg Olms vom 20. 4. 1967, zit. nach: *die horen* 199 (2000), S. 207

40 Brief an W. Georg Olms vom 8. 10. 1967, zit. nach: *die horen* 199 (2000), S. 208

41 Brief an W. Georg Olms vom 22. 3. 1967, zit. nach: *die horen* 199 (2000), S. 206

42 Gespräch mit Schwab-Felisch, a. a. O.

43 Textentwurf für *Der Diederichs Löwe*, Hauszeitschrift des Eugen Diederichs Verlags

44 Brief an Alice und Friedrich Wilhelm Ortmeyer vom 29. 12. 1969, zit. nach: *die horen* 199 (2000), S. 199

45 Postkarte an Barbara und Peter Jud vom November 1953

Ich hänge nicht am Leben, ich hänge an Beatrice   Seite 113

1 *Im Zweifel für die Wahrheit. Der Dichter Albert Vigoleis Thelen*. Sendung von Klaus Antes zum 85. Geburtstag Thelens. Bayerischer Rundfunk, 29. September 1988

2 Zit. nach: Antes, *»Ein Merkwürden aus Prinzip«*. In: *die horen* 199 (2000), S. 9

3 Hanne Kulessa (Hg.), *Nenne deinen lieben Namen, den du mir so lang verborgen*. Schriftsteller über Vornamen. Düsseldorf: claassen Verlag 1986, S. 49

4 Thelen, *Insel*, a. a. O., S. 18

5 Brief an Günther Perdelwitz vom 19. 12. 1967, zit. nach: Winz (Hg.), *Hommage à Albert Vigoleis Thelen*, a. a. O., S. 56

6 Gespräch mit Schwab-Felisch, a. a. O.

7 Antes, *»Ein Merkwürden aus Prinzip«*. In: *die horen* 199 (2000), S. 15

8 Thelen, *Insel*, a. a. O., S. 382

9 Thelen, *Insel*, a. a. O., S. 214

10 Thelen, *Insel*, a. a. O., S. 246

11 Thelen, *Poetische Märzkälbereien*, a. a. O., S. 152 f.

12 Briefe an Barbara und Peter Jud von 1941, vom 7. 9. 1941, 20. 3. 1952 u. 31. 5. 1941

13 Brief an Toni Schüler vom 21. 8. 1954

14 Antes, *»Ein Merkwürden aus Prinzip«*. In: *die horen* 199 (2000), S. 18

15 Brief an Victor van Vriesland vom 29. 8. 1931, zit. nach: Neumann, *Der pikarische Moralist*, a. a. O., S. 169

16 Thelen, *Insel*, a. a. O., S. 125 f.

17 Thelen, *Insel*, a. a. O., S. 728

18 Brief von Beatrice Thelen an Barbara und Peter Jud vom 19. 5. 1961

19 Brief an Richard Franke vom 7. 8. 1970

Denk ich an Deutschland ...   Seite 127

1 Brief an Barbara und Peter Jud vom 13. 7. 1961

2 Thelen, *Insel*, a. a. O., S. 708

[3] Brief an Barbara und Peter Jud von 1941

[4] Brief an Richard Franke vom 23. 1. 1970

[5] ebd.

[6] Brief an Barbara und Peter Jud vom 12. 1. 1950. Vgl. Morriën, *Zu Gast bei Albert Vigoleis Thelen*. In: *die horen* 168 (1992), S. 14. Hier berichtet allerdings Thelen, daß er bereits 1948 oder 1949 bei Venlo die Grenze überquert habe.

[7] ebd.

[8] Brief von Beatrice Thelen an Barbara und Peter Jud vom 19. 5. 1961

[9] Brief an Barbara und Peter Jud vom 13. 7. 1961

[10] Zit. nach: Dubois, *De »Fröhliche Weltverneinung«*. In: Enklaar/Ester (Hg.), *Albert Vigoleis Thelen*, a. a. O., S. 5

[11] Im Gespräch mit Wolf-Dieter Zimmermann

[12] Brief an Barbara und Peter Jud vom 13. 7. 1961

[13] Brief an die Familie vom 9. 5. 1961, zit. nach: *die horen* 199 (2000), S. 196

[14] Brief an Barbara und Peter Jud vom 13. 7. 1961

[15] Gespräch mit Walter Jens, November 2002

[16] Brief an Karin Kiwus vom 14. 1. 1988 (Akademie der Künste, Berlin), vgl. *die horen* 199 (2000), S. 279 f.

[17] Hans Werner Richter, *Briefe*. Hg. v. Sabine Cofalla. München/Wien: Hanser Verlag 1997, S. 164

[18] *Der Spiegel*, 7. Jg., H. 49 (2. 12. 1953), S. 32

[19] Arno Barnert, *Die Insel des zweiten Gesichts von Albert Vigoleis Thelen, gelesen von Paul Celan: »une vraie œuvre d'art«*. In: *Celan-Jahrbuch* 8 (2001/02), S. 975. Barnert untersucht die Markierungen und Eintragungen nach inhaltlichen und formalen Gesichtspunkten.

[20] Hans Sahl, *Das Exil im Exil*. Frankfurt a. M.: Luchterhand Literaturverlag 1990, S. 53 u. 38

[21] Brief an Günther Perdelwitz vom 14. 10. 1967, zit. nach: Winz (Hg.), *Hommage à Albert Vigoleis Thelen*, a. a. O., S. 53

[22] Helmut Kreuther, *Berliner Kunstpreisträger des Jahres 1954*. In: *Der Kurier*, 31. 3. 1954

[23] Brief an Barbara und Peter Jud vom 12. 4. 1954

[24] Brief an Richard Franke vom 15. 12. 1969

[25] ebd.

[26] Brief an Günther Perdelwitz vom 30. 7. 1967, zit. nach: Winz (Hg.), *Hommage à Albert Vigoleis Thelen*, a. a. O., S. 44

[27] Brief an W. Georg Olms vom 4. 8. 1967, zit. nach: Thelen, *Glis-Glis*, a. a. O., S. 65

[28] Legatum Thelens aus Anlaß der Verleihung der Doktorwürde humoris causa, zit. nach: Winz, *Hommage à Albert Vigoleis Thelen*, a. a. O., S. 48

[29] Brief an Richard Franke vom 14. 5. 1974

[30] Brief an Richard Franke vom 2. 6. 1972

[31] Brief an Peter Diederichs vom 10. 9. 1969

[32] Brief an W. Georg Olms vom 5. 8. 1974, zit. nach: Thelen, *Glis-Glis*, a. a. O., S. 84

[33] Herbert Reinoß (Hg.), *Fazit. Erzähler einer Generation*. Mit e. Vorw. v. Rolf Hochhuth. München/Wien: Herbig Verlag 1972, S. 430

[34] Andriaan Morriën, *»Fröhliche Weltverneinung« und Vitalität. Thelens »Insel« – Eine Sensation*. In: *die horen* 199 (2000), S. 59

[35] Brief an Jürgen Pütz vom 20. 12. 1985, zit. nach: *die horen* 199 (2000), S. 229

[36] Zit. nach dem Gespräch mit Hans Schwab-Felisch, a. a. O.

Ein Postskriptum Seite 146

[1] Thelen, *Insel*, a. a. O., S. 111

[2] Thelen, *Insel*, a. a. O., S. 501

Wir danken allen Rechteinhabern für die Genehmigung zum Abdruck.

Benutzte Literatur

Bernanos, Georges, *Die großen Friedhöfe unter dem Mond*. Mallorca und der Spanische Bürgerkrieg. Ein Augenzeuge berichtet. Aus d. Franz. v. Walter Heist. Zürich: Arche Verlag 1983

Ders., *Tagebuch eines Landpfarrers*. Roman. Aus d. Franz. v. Jakob Hegner. Zürich: Arche Verlag 1975

Daiber, Hans, *Der Autor als Diebsverbeller*. In: *die horen* 134 (1984)

Enklaar, Jattie, u. Ester, Hans (Hg.), *Albert Vigoleis Thelen*. Amsterdam: Rodopi 1988

Eßer, Paul, *Jenseits der Kopfweiden*. Sprache und Literatur am Niederrhein. Düsseldorf: Grupello Verlag 2002

García i Boned, Germà, *La segunda cara de la isla de la segunda cara de Albert Vigoleis Thelen*. Mallorca 1931–1936. Palma de Mallorca: Miquel Font Editor 1998

Hess, Ria, *Untersuchungen zu Albert Vigoleis Thelens »Die Insel des zweiten Gesichts«*. Frankfurt a. M./Bern/New York/Paris: Verlag Peter Lang 1989

die horen. Zeitschrift für Literatur, Kunst und Kritik. Hg. v. Johann P. Tammen (Diverse Nummern)

Jens, Inge, u. Jens, Walter, *Frau Thomas Mann*. Das Leben der Katharina Pringsheim. Reinbek b. Hamburg: Rowohlt Verlag 2003

Kessler, Harry Graf, *Gesichter und Zeiten*. Erinnerungen. Frankfurt a. M.: S. Fischer Verlag 1962

Ders., *Tagebücher 1918–1937*. Hg. v. Wolfgang Pfeiffer-Belli. Frankfurt a. M.: Insel Verlag 1961

Morriën, Adriaan, *Op bezoek bij Albert Vigoleis Thelen*. Amsterdam: Van Oorschot 1953 – Dt.: *Zu Gast bei Albert Vigoleis Thelen*. In: *die horen* 168 (1992)

Neumann, Michael, *Der pikarische Moralist. A. V. Thelens antifaschistischer Roman »Die Insel des zweiten Gesichts«*. Wiesbaden: Dt. Universitäts-Verlag 2000

Pascoaes, Teixeira de, *Hieronymus. Der Dichter der Freundschaft*. Aus d. Portug. v. Albert Vigoleis Thelen. Zürich: Rascher Verlag 1942

Ders., *Napoleon. Spiegel des Antichrist*. Aus d. Portug. u. mit e. Text zu Pascoaes v. Albert Vigoleis Thelen. Hg. u. mit e. Nachw. v. Michael Thelen. Mit e. Einf. v. Orlando Grossegesse. Bonn: Weidle Verlag 1997

Ders., *Paulus. Der Dichter Gottes*. Aus d. Portug. v. Albert Vigoleis Thelen. Zürich/Leipzig: Rascher Verlag 1938

Pütz, Jürgen, *Doppelgänger seiner selbst*. Der Erzähler Albert Vigoleis Thelen. Wiesbaden: Dt. Universitäts-Verlag 1990

Ders. (Hg.), *In Zweifelsfällen entscheidet die Wahrheit*. Beiträge zu Albert Vigoleis Thelen. Viersen: Juni-Verlag 1988

Ders. (Hg.), *Lauter Vigoleisiaden oder: Der zweite Blick auf Albert Vigoleis Thelen*. In: *die horen* 199 (2000)

Reinoß, Herbert (Hg.), *Fazit. Erzähler einer Generation*. Mit e. Vorw. v. Rolf Hochhuth. München/Wien: Herbig Verlag 1972

Richter, Hans Werner, *Briefe*. Hg. v. Sabine Cofalla. München/Wien: Hanser Verlag 1997

Sahl, Hans, *Das Exil im Exil*. Frankfurt a. M.: Luchterhand Literaturverlag 1990

Slauerhoff, Jan Jacob, *Das verbotene Reich*. Aus d. Niederl. v. Albert Vigoleis Thelen. Stuttgart: Verlag Klett-Cotta 1986

Talhoff, Albert, *Des Bruders brüderlicher Gang*. Zürich: Rascher Verlag 1949

Thelen, Albert Vigoleis, *Beatrice*. In: Kulessa, Hanne (Hg.), *Nenne deinen lieben Namen, den du mir so lang verborgen*. Schriftsteller über Vornamen. Düsseldorf: claassen Verlag 1986

Ders., *Briefe an Teixeira de Pascoaes*. Hg. u. mit e. Nachw. von António Cândido Franco. Übers. v. Ulrich Kunzmann. Bonn: Weidle Verlag 2000

Ders., *Glis-Glis*. Eine zoo-gnostische Parabel. Entstanden als Fingerübung eines Seh-Gestörten. Beigefügt: Briefe an W. Georg Olms. Hildesheim/Zürich/New York: Georg Olms Verlag 2001

Ders., *Goethe anonymus*. Ein Essay aus dem Goethejahr 1949. Reicheneck: Aldus-Presse 1999

Ders., *Goethes Gespräche mit Frau Eckermann*. Reicheneck: Aldus-Presse 1987

Ders., *Die Gottlosigkeit Gottes oder Das Gesicht der zweiten Insel*. Tonträger. Originalaufnahme von 1966. Bremerhaven: edition die horen im Wirtschaftsverlag NW 2000

Ders., *Im Gläs der Worte*. Gedichte. Düsseldorf: claassen Verlag 1979

Ders., *Die Insel des zweiten Gesichts. Aus den angewandten Erinnerungen des Vigoleis*. Hildesheim: Claassen Verlag 1992 – München: Deutscher Taschenbuch Verlag 1990

Ders., *Die Literatur in der Fremde*. Literaturkritiken. Hg., aus d. Niederl. übers. u. mit e. Vorw. v. Erhard Louven. Bonn: Weidle Verlag 1996

Ders., *Lobsame Handelsbalz*. In: *Amsterdam. Merian*, 12. Jg., H. 10 (1959)

Ders., *Der magische Rand*. Eine abtriftige Geschichte. Hg. v. Walter Delabar, Werner Jung, Horst Winz. Mönchengladbach: Juni-Verlag 1989

Ders., *Poetische Märzkälbereien*. Gesammelte Prosa. Hg. v. Werner Jung. Mönchengladbach: Juni-Verlag 1990

Ders., *Saudade*. Gedichte. Reicheneck: Aldus-Presse 1986

Ders., *Schloß Pascoaes*. Gedichte. Zürich: Rhein-Verlag 1942

Ders., *Der schwarze Herr Bahßetup*. Roman. Düsseldorf: claassen Verlag 1983

Ders., *Sie tanzte nackt auf dem Söller*. Das Leben des Albert Vigoleis Thelen. Aus seinen Texten zusammengest. v. Jürgen Pütz. Hildesheim: claassen Verlag 1992

Ders., *Der Tragelaph*. Gedichte. Düsseldorf/Köln: Eugen Diederichs Verlag 1955

Ders., *Vigolotria*. Gedichte. Düsseldorf/Köln: Eugen Diederichs Verlag 1954

Winz, Horst (Hg.), *Hommage à Albert Vigoleis Thelen*. Mit e. Vorw. v. Walter Delabar. Mönchengladbach: Juni-Verlag 1989 (Darin: Briefwechsel Albert Vigoleis Thelen und Günther Perdelwitz)

Zeittafel

1903 28. September. Albert (Vigoleis) Thelen wird in Süchteln/Niederrhein geboren. Der Vater ist Buchhändler, die Mutter streng katholisch. Drei Brüder, Ludwig, Joseph und Julius.

1909–1919 Besucht die Volksschule, dann die Kaiser-Wilhelm-Schule in Süchteln und das Humanistische Gymnasium der Stadt Viersen.

1919–1924 Schlosserlehre in Süchteln, technischer Zeichner in Viersen, Textilfachschule in Krefeld.

1925–1928 Studium der Germanistik, Philosophie, Kunstgeschichte, Zeitungswissenschaften und Niederländischen Philologie in Köln und Münster.

1928 Mitarbeit auf der Internationalen Presseausstellung, Pressa, in Köln, wo er seine spätere Frau, Beatrice Bruckner, kennenlernt, die er 1934 in Barcelona heiratet.

1928–1931 Erste literarische Veröffentlichungen, u. a. *Sargmacher Quirinus* in der Zeitschrift *Der Türmer* (1930), und Arbeit auf der Geflügelfarm seines Bruders Joseph.

1931 Kurzer Aufenthalt in Amsterdam.

1931–1936 Aufenthalt auf Mallorca.

1934–1940 Rezensiert deutsche Exilliteratur unter dem Pseudonym Leopold Fabrizius in *Het Vaderland.*

1935 Beginn des Briefwechsels mit dem portugiesischen Dichter Teixeira de Pascoaes.

1936 Flieht über Frankreich (Marseille) in die Schweiz (Bruderholz/Basel).

1937 Umzug nach Auressio/Tessin. Arbeit mit Hendrik Marsman an den Übersetzungen von Werken von Teixeira de Pascoaes.

1939–1947 Aufenthalt auf dem Weingut von Teixeira de Pascoaes in São João de Gatão bei Amarante und im Bergdorf Travanca do Monte.

1942 Der Gedichtband *Schloß Pascoaes* erscheint im Rhein-Verlag, Zürich.

1947–1954 Aufenthalt in Amsterdam.

1949/1950 Weitere Übersetzungen von Werken von Teixeira de Pascoaes erscheinen.

1953 *Die Insel des zweiten Gesichts* erscheint im Verlag G. A. van Oorschot, Amsterdam, und gleichzeitig als Lizenzausgabe im Eugen Diederichs Verlag, Düsseldorf/Köln. Lesung auf der Herbsttagung der Gruppe 47 in Bebenhausen.

1954 Verleihung des Fontane-Preises in Berlin. Der Gedichtband *Vigolotria* erscheint.

1954–1960 Aufenthalt in der Casa Rocca Vispa in Ascona (Schweiz).

1955 Der Gedichtband *Der Tragelaph* erscheint.

1956 *Der schwarze Herr Bahßetup. Ein Spiegel* erscheint im Desch Verlag, München.

1960–1973 Aufenthalt in La Colline, Blonay.

1967 Die Erzählung *Glis-Glis* erscheint im Georg Olms Verlag, Hildesheim.

1973–1986 Aufenthalt in Lausanne-Vennes am Genfer See.

1986 Übersiedlung in das Seniorenheim St. Cornelius, Dülken/Niederrhein.

1989 9. April. Albert Vigoleis Thelen stirbt in Dülken.

1992 19. Januar. Beatrice Thelen stirbt.

Danksagung

Die vorliegende Arbeit stützt sich auf die bisher edierten Texte Thelens sowie andere benutzte Literatur, des weiteren auf einige mir zugängliche Briefkonvolute, Tondokumente und Gespräche mit Zeitzeugen. Der gesamte Nachlaß Thelens wird laut einer testamentarischen Verfügung des Dichters 15 Jahre nach dem Tod seiner Frau Beatrice, also im Jahr 2007, zugänglich sein.

Zu danken habe ich dem Leiter der Handschriftenabteilung des Deutschen Literaturarchivs Marbach, Dr. Jochen Meyer, der mir Einsicht in die dort archivierten Briefwechsel Thelens mit Barbara und Peter Jud, Max Bircher und Richard und Christian Franke gewährte. Weiterhin danke ich Dr. Claus Vogelsang, DeutschlandRadio Berlin, in dessen Redaktion das parallel zu diesem Buch entstandene Feature *Dichter sind die Büchsenöffner ihrer Innenwelt. Zum 100. Geburtstag Albert Vigoleis Thelens* produziert wurde, wofür ich diverse Tondokumente von verschiedenen ARD-Rundfunkanstalten auswertete. Ich danke ferner Arno Piechorowski, der mir die Schreibtischarbeit mit gelegentlichen Zusendungen seiner in der Aldus-Presse handgesetzten Ausgaben ausgewählter Texte Thelens erheiterte, und dem katalanischen Literaturwissenschaftler und Thelenspezialisten Dr. Germà García i Boned, der mir für einen ausführlichen Spaziergang durch Palma auf den Spuren von Albert Vigoleis Thelen zur Verfügung stand, Basis für das Thelen gewidmete Kapitel in meinem Buch *Spaziergänge durch das literarische Mallorca* (Arche Verlag 2001). Auch Catalina Cañellas, die Frau des Malers Pedro Sureda, war dankenswerterweise zu einem Gespräch bereit.

Im Gespräch mit Prof. Walter Jens erfuhr ich Einzelheiten über die Tagung der Gruppe 47 im Oktober 1953. Auch Klaus Antes, Redakteur beim WDR, erinnerte sich an Episoden aus der Zusammenarbeit mit Albert Vigoleis Thelen. Weitere Informationen erhielt ich aus Gesprächen mit Dr. Ulla Helf-Diederichs, der früheren Frau von Dr. Peter Diederichs, mit Dr. Ulf Diederichs, der den Eugen Diederichs Verlag bis zum Verkauf 1987 an den Heinrich Hugendubel Verlag leitete, mit dem Verleger W. Georg Olms, Hildesheim, mit Christian Franke, Sohn des Pelzveredlers Richard Franke, und mit Wolf-Dieter Zimmermann, ehemals Pastor in Berlin, die mir freundlicherweise einzelne Briefkopien zur Verfügung stellten. Von Ulla Diederichs und aus dem Archiv des Eugen Diederichs Verlags (heute Heinrich Hugendubel Verlag) erhielt ich ergänzendes Material. Rosemarie Still und Rita Geiger halfen mir bei Übersetzungen aus dem Niederländischen. Ihnen allen sei an dieser Stelle mein herzliches Dankeschön gesagt.

Berlin, im August 2003 *Cornelia Staudacher*

Cornelia Staudacher, geboren in Berlin. Studium der Germanistik und Publizistik. Arbeitete zunächst 1977–1986 als Deutschlehrerin. Seitdem Journalistin und Literaturkritikerin. Autorin von Rundfunkfeatures. Bis 1997 Mitherausgeberin der Zeitschrift *Litfaß*. Herausgeberin von Anthologien. Lebt in Berlin. Bei Arche erschienen: *Spaziergänge durch das literarische Mallorca* (2001).

Cornelia Staudacher im Arche Verlag

Spaziergänge durch das
literarische Mallorca
144 Seiten. Broschur.
89 Abb. 8 Karten

»Cornelia Staudachers *Spaziergänge durch das literarische Mallorca* machen mit der Kulturgeschichte der Insel vertraut und erzählen auf unterhaltsame Weise von den vielen illustren Gästen, die hier Erholung suchten und oft auch künstlerische Inspiration fanden. Zu ihnen gehörte auch Albert Vigoleis Thelen, der seit 1931 auf Mallorca lebte. Das gesellschaftliche Klima dieser unruhigen Jahre vor Ausbruch des Spanischen Bürgerkriegs ist nirgends genauer beschrieben worden als in seinem autobiographischen Roman *Die Insel des zweiten Gesichts*.«
NDR Radio 3
»Dieser informative und schön gestaltete literarische Reiseführer sollte bei keinem Mallorca-Reisenden fehlen, zeigt er doch Facetten der Insel auf, die dem Ballermann-Klischee so gar nicht entsprechen wollen.«
Radio Darmstadt

In gleicher Ausstattung

Jürg Amann
Verirren oder
Das plötzliche Schweigen
des Robert Walser
Neuausgabe
128 Seiten. Broschur
»Jürg Amann schreibt über Robert Walser, wie allein ein Dichter über einen anderen Dichter zu schreiben vermag und erhellt die wesentlichen Elemente eines ganzen Dichterlebens.« *Hanns Schaub, Der Landbote*

Fritz J. Raddatz
Günter Grass
Unerbittliche Freunde
Ein Kritiker. Ein Autor
144 Seiten. Broschur. 4 Abb.
Eine Einführung in das Werk von Günter Grass. Zugleich Rezeptionsgeschichte und Hommage von einem Kritiker an einen Autor.

Hermann Vinke
Cato Bontjes van Beek
»Ich habe nicht
um mein Leben gebettelt«
Ein Porträt
224 Seiten. Gebunden. 27 Abb.
»Es lohnt sich, dieses gut dokumentierte Buch zu lesen. Hermann Vinke stellt Cato Bontjes van Beek zu Recht neben Sophie Scholl.« *Helmut Schmidt, Die Zeit*